まるで運命の糸
愛しい気持ちが大きく、膨らん
なりました。
セレアを見ます。目を見開いて、
真っ青になってます。
ラステール王国第一王子
シン・ミッドランド

ブラーゼス男爵令嬢、
ジャックの婚約者
シルファ
攻略対象
後のオレ様系
ドS担当
ワイルズ子爵の長男
ジャックシュリート・
ワイルズ
婚約破棄を回避するため、攻略対象者に先手を

「いやあなかなか認めてもらえなくてね！誰にも興味を持ってもらえず、何度挫折しかけたことか！」
「俺はお前みたいな平民のガキとは身分が違うんだよ！」
攻略対象
後の生物教師
国立学院《アカデミー》の研究員
スパルーツ
打つ！

ハンス料理店の娘
リンス
公爵令嬢
セレア・コレット
がくがく震えています。窓枠につかまった手がぎゅっと握りしめられて白くなってます。
ゲームの強制力、発動…？

僕は婚約破棄なんてしませんからね

Boku wa
Konyakuhaki
Nante
Shimasen
Karane

著：ジュピタースタジオ
イラスト：Nardack

CONTENTS

Boku wa Konyakuhaki Nante Shimasen Karane

目次

1章 僕ってそんなひどい顔してますかね

「き……、きゃあああああ――――――！」

公爵令嬢、僕の顔をみるなり、いきなり、悲鳴を上げてたおれちゃいました。

それはもうみごとにうしろにバッタリと。な、なにごとですか⁉

「お、お嬢様――――――！」

あたりまえだけどもう執事さんやらメイドさんやらがかけよって、おおさわぎになっております。

僕も……いや、いいのかな？　僕の顔見てたおれたんだから、僕が原因だよね。その僕が助けおこしたりしていいもんなんですかね？　でもそこは一応紳士の義務。たおれたご婦人を一国の王子が、そのままほうっておいたなんてことがあったら王室のコケンにかかわります。

「セレアさん？　セレアさんどうしました？」

僕もかけよって、ご令嬢の横にひざまずきます。ご令嬢、頭の後ろを芝生とはいえ地面にぶつけたせいか、白目をむいて口からよだれをたらしひくひくしております。あちゃー。

腰まである長い黒髪、つやつやなきれいな髪、顔はまあ、ととのった、かわいいといっていいと思うご令嬢ですが、今はヒサンなことになっております。そのひどい顔をかくすように、メイドさんがさっとハンカチで口元をぬぐい、おおいました。

「シン様……、申し訳ありません殿下。お嬢様は本日、少々体の具合がよろしくないようで、その、茶会は後日、日を改めてということに……」

　執事さんが大汗かいてこの大失態をとりつくろいます。そりゃあそうだよね。

　ミッドランド王家のあととり息子、第一王子である僕と、公爵コレット家のご令嬢、セレア嬢との婚約の話が、今すすんでいて、僕の姉上が隣国に嫁ぐ日が近くなったこの機会に婚約を決めてしまおうということになりまして、今日はお供を一人だけ連れてお茶会におしのびで招待してもらったという名目で、王都の公爵家別邸での初顔合わせの席だったのです。

　執事さんに抱きかかえられ、お屋敷に運ばれるお嬢様。それに大騒ぎしながらついてゆくメイドさんたち。そしてこれも大汗かきながら、僕に必死に頭を下げて謝罪する、彼女のお父上であるハースト・コレット公爵。

「もっ、申し訳ありません。誠に失礼の極み、このハーストお詫《わ》びの申し上げようも……」

「お顔を上げてください。お嬢様はまだ十歳。ぐあいが悪くなることもあるでしょう。日をあらためてまたご訪問させていただきます。おみまいという形にさせていただいてもいいです。そんなにあやまらなくても、僕は気にしていませんから」

　十歳の僕に大の大人がぺこぺこ頭を下げるなんて、いくら僕が王子だからって、そうそうさせていいことじゃありませんよ。っていうかやめてください。こちらがいたたまれなくなりますって。

「あのっ、娘、娘は、セレアは、持病を持っているとか、体が弱いとか、そういうことはないのです。今までこんなことは一度もなかった。普段はそりゃあもう元気な、その、元気なのはいいのですが、いえ、とにかくこんなことは初めてで」

「わかっています。今日はこれで失礼させていただきます。今はお嬢様を安静に、そばについていてあげてください。お嬢様にお大事に、また会える日を楽しみにしておりますとおつたえください。では失礼いたします」

僕もそう言って、その場を失礼しました。あわてて公爵家のメイドさんが一人、ついてきて案内してくれます。そして庭の外で待っていた近衛騎士のシュリーガンに声をかけます。

「お待たせ。帰るよ」

ゴツくていかめしくてものすごく顔が怖いシュリーガンですが、公務で外出が多くなる僕の専属護衛を今年からしてくれています。顔はすごく怖いんですが、話してみれば面白いお兄さんで、いつもおたがいにからかって遊んでいるような関係ですね。悪魔ってのがいたとしたらこんなんだろうなって顔なんですけど、一緒にいて、僕が、自分が王子ってことを忘れられる気楽なつきあいが、二人だけの時はできています。

「どうしましたシン様、いくらなんでもお早いお帰りで」

「ねえシュリーガン、僕ってそんなひどい顔していますかね？」

「はあ？　なに言ってんス？　俺がシン様みたいな顔してたら今頃国中の美女集めてハーレム作ってモテまくりのウハウハですわ。顔に関しちゃシン様は間違いなくこの国のトップを張れる国一番の女ったらしになれること請け合いですがね！」

「……まったくうれしくないほめ言葉をありがとうシュリーガン。ご婦人もいっしょなんだからその口もうちょっとえんりょして」

「あ、失礼しました。シン様付き近衛騎士、シュリーガンと申します。以後お見知りおきを」

そう言ってシュリーガンが、その怖い顔を、僕でないとわからないような笑顔にして案内してくれたメイドさんに向けておじぎをします。

「本日は失礼をして申し訳ありません。セレア様付きメイド、ベルと申します。よろしくお願いいたします」

……動じませんねこのメイドの方。シュリーガンの笑顔を見て怖がらない女の人を初めて見ましたよ僕は。

「なにがあったんス？」

いぶかしげにシュリーガンが聞くと、メイドのベルさんが「お嬢様が急な体調不良で倒れられてしまったのです」と言います。

「そりゃあお大事に。しかしよりによってこの日にこのタイミングでとは運が悪い。もしお加減が悪かったのでしたら、ご遠慮なく言ってくれれば日程を変更しましたのに。うちの王子様はそんなことで気を悪くしたりすることは絶対ないですぜ」

「いえその」

……僕の顔を見て悲鳴を上げてたおれたとは、言えないよねえ……。

「お嬢様が殿下の顔を見るなり、悲鳴を上げて倒れてしまったので」

言っちゃうんですか。それ言っちゃうんですか！　すごいなこのメイド！

「うわあ……」

いやシュリーガン、その反応はちょっと……。本人の前でドン引くのやめて。

「重ね重ねの失礼、お嬢様付きメイドとしてお詫び申し上げます。王子様には、お嬢様のこと、どうぞお見捨てになりませんようお願い申し上げます」

「いやそれは……。もちろんそんなことはしませんよ。だってまだ一言も口もきいていないんですから」

顔色一つ変えずに見捨てるとか見捨てないとか言っちゃうこのメイドさんもなんかすごいよ。

「メイドさん、いや、ベルさん、うちの王子さん、そんなお嬢様に悲鳴上げられるような顔してませんよね？」

追い打ちかけないでくださいシュリーガン。お前その顔でそれ言うなよって言っていい？

「ええ、私から見てもシン様は天使のごとくのかわいらしさでございます。将来美青年になって多くの女を泣かせることは間違いございません。私があと十歳若ければハーレムの末席に加えていただきたいほどでございますわ」

「ですよねえ……」

……ねえなんでみんな僕がハーレム作るって思うわけ？　そんな人間に見えますかね僕。僕どんなふうに見えてるんですかいったい。もういいよ……。早く帰ろうよシュリーガン……。

「それでは失礼します。お見舞いの件はのちほど」

「はい、今日はご訪問ありがとうございました」

そう言って深々と頭を下げるベルさんに見送られて僕らは公爵別邸をあとにしました。

「シュリーガン、相手のセレアさんって、どんな子か聞いてた？」

今日はお茶会ということで、おしのびでの訪問でしたので、一頭立ての小さな二人乗り馬車で来ました。御者はシュリーガンがやってます。僕とシュリーガンの二人だけです。

「甘やかされて育ったわがまま放題の贅沢《ぜいたく》お嬢様とうかがっておりますが、貴族の娘でそうでないお嬢様なんて俺は見たことないっすからねえ。まあ普通のお嬢様なんじゃないですかね」

彼女は公爵領に住んでいて、王都別邸にはめったに来ませんから、僕も会うのは初めてで情報は全然なかったです。こういうかくしごとのない、ミもフタもない言い方するから、僕はシュリーガンのこと好きなんですけどね。顔は怖いけど信用だけ、、はできる男です。

「それにしても、見ました!?」

見たよ……黒髪のきれいな子だったけど、倒れて白目むいてるあの顔を見たって言っちゃあお嬢様に失礼でしょ。

「あのメイドさん、俺のことを怖がっていませんでしたよ！」

そっちかい！　そっちのほうが大事なんかい！

「うんめずらしかったね。僕もシュリーガンの顔を怖がらない女の人って初めて見たよ」

お嬢様付きのメイドさんですからね。肝がすわっているのかもしれませんね。

いやメイドの肝がすわってないとつとまらないってのも、どんなお嬢様だって思いますけどね。

「脈アリってことっすかね！」

すごいなお前。自分の顔を怖がらなかったってだけでそう思うってどんだけ前向きに善処してんの。

「なに考えてんのシュリーガン。今日は僕のお嫁さんになる人に会いに来たんだよ？　お前のお嫁さんを探しに来たわけじゃないんだからね？」

「俺は二十四時間、常に自分の嫁になってくれる女がいないか探してますけどねえ」

はいはい。どんだけモテないのシュリーガンって言うと馬車から叩《たた》き降ろされそうなんで、言いませんけど。

「また来るっすよね、シン様！」

「そりゃあ来るよ、約束したんだからさ」

お前が楽しみにしてどうすんだ。こりゃあなんども通うことになるのかなあ。僕ちょっと不安になりました。

王宮に着いて、部屋にもどろうとすると、サラン姉様が僕を見つけて走ってきました。

「姉上……。淑女《レディ》がドレス姿で走ってくるとかやめてくださいよ」

「ここ自宅なんだから気にしない気にしない。で、どうだった相手の人！」

王宮を自宅と言い切る姉上、さすがです。うーん、しかし説明がめんどうですね。

「会えなかった。なんか体調悪かったみたいで」

「大丈夫なのそれ……」

隣国へのお輿入《こしい》れを控えた姉上が心配します。

「シン、あのね、王族の妃《きさき》ってのはね、体が丈夫で、男を誘う色気があって、子供を何人だって産めなきゃダメなのよ。体弱いとか病気持ってるとか、そもそも色気がないとかそういうのは絶対ダメ。なんだったら断りなさいなそんな娘」

「たまたまだよ。別に気にするようなことじゃないよ」

「そうならいいけど……」

「姉上は……大丈夫そうだね」

母上譲りの大きなおっぱいと大きなお尻をくねくねさせて、ぽんとお腹を叩きます。あ、おなかが出ているわけじゃないですよ。姉上は太っているわけじゃないですから。

「任せなさい！　殿下を骨抜きにして、子供をバンバン産んで、ハルファの国をわがミッドランドの血で染めてやるわ！」

言い方。もうちょっと言い方ってものがあると思います姉上。

「姉上は殿下にお会いしたことがあるの？」

「んー、あるはずなんだけど、三年も前の話だし全然覚えてないんだよね」

姉上は二年間、大国であるハルファに留学していました。僕らより進んだ国のようすをよく見て回り、帰国してからは国内に養護院や、病院の設立に力を尽くしてくれました。諸外国でも有名になりまして、留学先の学園のパーティーでハルファの第一王子にみそめられ、ぜひお妃にと申し込みが来たとのことでした。

「姉上は顔も覚えてない人のところにお嫁に行くの……？」

「……結婚と恋愛は別よ。貴族だったらそれは割り切らなきゃ。今まで国民の血税でよい暮らしをさせてもらえたのは民のため、国のため。恩は返さないとね」

家と家の結婚。関係を結ぶための政略結婚。貴族の結婚ってそうなんです。別に特別なことじゃありません。よりよい血統を生み出すための品種改良、って言うと馬や牛みたいですけど、あれと似ているかもしれません。なので僕が十歳で、「婚約相手が決まったぞ」と国王である父上に言われても、はあそうですかとしか思いませんでした。

「コレット公爵家の令嬢、セレア嬢だ。来週挨拶に向かわせるから覚えておくように」

順番ですね。いくつかある公爵家の中から、王子は結婚相手を選ぶことになります。たまたまのタイミングで僕と年の近いセレア嬢が順番通り、僕の婚約者に決まったわけで、そこに特別な理由なんてないんです。公爵家からおむこさんを迎えて女王にという人さえいた姉上ですが、大国のお妃ならばそっちが国益にかなうというわけで、あっさりそっちに決まりました。姉上のご婚約相手とされていた某公爵ご令息の方はお気の毒です。

「……シン、でもね、そこに愛がなくても当たり前とか思っちゃダメよ。私だって結婚したら、ちゃんと旦那様を愛するつもりよ。なに、向こうから嫁にくれって言うぐらいなんだから、私のこと不幸にしたりしないでしょ。そんな心配今からしちゃダメ」

「はい」

「シンもね、婚約者が決まったら、その子のこと、ちゃんと幸せにしてあげて。愛してあげてね。そうでないと、私が向こうで幸せになれないわ」

「きもにめいじます」

「ああ、シン……」

そう言って姉上が僕のことをぎゅっとだきしめてくれます。おっぱいにむぎゅってされて息ができなくなりそうです。

「私はあなたに会えなくなるのが一番悲しいわ……」

はらはらと涙が僕の頭に落ちてきます。僕も泣きたくなります。

「今夜は一緒にお風呂に入って、一緒に寝ましょうね」

「寝るのはいいけど、お風呂はイヤ」

「なんでよう」

「○んちんに触ろうとするから」

姉上が身を放してにらみます。

「私だって結婚するんだから、予備知識が欲しいのよ！」

「僕の子供ち○ちん見てなんの知識になるんです。やめてください」

「生えた？」

「まだっ！」

「剝けた？」

「むけてない！　痛いからやめて！」

「いいわよ。だったらレンと入るから」

レンは僕の弟です。あと、妹が二人います。

「そうしてください……」

僕だってもう十歳ですからね。もう女の人と一緒にお風呂に入るのはご遠慮しなきゃね……。

☆彡

「流言に惑わされてはならぬ。己の目で確かめよ」

国王である父上のお言葉です。国王はたった一人で国を治めることができません。多くの大臣や役人とやり取りをして物事を決めていきます。そこには多くの陰謀やウソ、ごまかしがあり、それを信用し実行させるか、だまされずにウソを見抜き、やめさせるかも国王の資質だと父上は言います。国王の名を借りてサギをしてもうけようって人はいっぱいいるんです。そんなことになったら国王の責任問題になりますからね。僕はセレア嬢との婚約をどうするか、自分で確かめて決めなければなりません。やはり、もう一度、会わないといけないでしょうね。

そんなわけで、はじめてのお茶会から三日後。お見舞いという名目で、僕はコレット公爵家別邸を訪れました。公爵様の王都での拠点です。

「あの、お嬢様は混乱しておりまして、まだ床に伏せっておりますが」

メイドのベルさんが僕らの案内をしてくれます。

護衛のシュリーガンがうれしそうについてくるんですよね。いや、あの顔がうれしそうに見えるのは僕だけかもしれませんが。

「そうですか……。でも、先日の無礼をお詫びしたいのです。ぜひこれを渡したい」

そう言ってバラの花束と、お菓子のバスケットを出します。

「もったいない。無礼もお詫びもこちらが申し上げなければなりません」

「二人きりで話がしたいのです。ぜひ会わせていただけませんか？」

「旦那様の許可をもらってきます。しばらくお待ちください」

あんがい簡単に、というかおおよろこびでコレット公爵の許可が出まして、護衛についてきてもらったシュリーガンにはサロンで待っていてもらって、ベルさんと二人でセレア嬢の部屋の前に行ってノックします。

「セレア様、セレア様？　シン王子様がお見舞いに来てくださいました。ぜひご面会をと」

……無言。

「開けますよ。では」

すごいなこのメイド！　御主人であるお嬢様の許可なく、女の子の部屋のドアが開けられてしまいました！

はなやかなかわいらしいかざりに包まれた、実に女の子らしい一室の、天蓋付きお嬢様ベッドの上に、布団をまくってネグリジェ姿のセレアお嬢様が座っていました。部屋はカーテンが閉められ、暗いです。

「このようなかっこうで申し訳ありません。先日は失礼いたしました。おわびの申し上げようもございません。わざわざおみまいに足をはこんでいただいて感謝をいたします」

お嬢様がベッドの上でぱたんと伏せて頭を下げ礼を取ります。これってもう土下座ですねなんだか。ベルさんがずんずんと部屋の中を進んで、しゃっとカーテンを開きます。お嬢様の断りなしです。つくづくすごいメイドです。

「顔を上げてください。昼間からこのように女性の寝室をたずねる僕の無礼こそお許しねがえればと思います」

常識で考えれば僕のほうが何百倍も失礼ですよね。ま、こんなふうに入れてもらえたのは、僕も彼女もまだ十歳の子供だからでしょう。子供でよかった。

姉上だったらいくら僕でも、「許可なく入るな――――!」って、ケリが飛んでくるところです。

……部屋にお日さまの光が入って、初めて(ふつうの)顔を見ました。きれいな子です。

長い黒髪がとてもきれい。白目をむいていたあのひとみも、黒くて宝石のようにきらきらしています。色白で、ほっそりした体をよくにあう、ふわふわの白いネグリジェでつつんでいます。目を引く、かがやくような美しさではありません。ひっそりと、よく見ればこんなにもきれいという感じでしょうか。地味と言えば地味ですが、それがつつましく、しとやかに見えると言えばいいのか。かざり気のない、素の美しさが僕にはとても好ましく思えます。

「初めまして。ラステール王国、第一王子、シン・ミッドランドと申します。このたびはぶしつけな訪問にもかかわらず、ご面談の席をもうけていただきお礼を申し上げます。急な病にふせっていらっしゃる中、勝手なおみまいを申し込んだご無礼、どうぞお許しください」

「あの……。初めてではございませんが」

「初めてです」

「お茶会を……」

「無かったことにしましょう」

メイドのベルさんがこっち向いてちょっと驚いたような顔になりますね。

「お茶をお持ちしますね」

そう言って、部屋を出ていきます。

「寛大なる殿下のご配慮に、感謝いたします」

そう言ってもう一度頭を下げるお嬢様。

「いやいやいやいや、もうそれはなしにして」

面倒くさくなりました。

「さ、もう誰もいないし、二人で話せるようにたのんだんですよ。もう礼儀とかおせじとかなしにしましょう。僕ら、婚約者になろうっていうんですから、えんりょしないで。僕も君も十歳の子供なんだし、めんどうくさいことなしで」

活発でわがままなお嬢様と聞いております。僕だっていいかげん素で話したい。

「その婚約なんですが……。その、大変失礼なのですが、その、できれば、なしにしていただければ……」

「なんで?」

「わたしのようなもの、殿下の婚約者などあまりにももったいなく、私では王妃の役もつとまるわけもなく、ごじたい申し上げたく……」

「……そんなに僕の顔ヘンだった?」

「いえっ! いえ! そんなことは!」

「僕のこと見てすごいびっくりしてたよね。で、おどろいて悲鳴上げてバッタリ」

「その話はなかったことにって」

「そうだった」

自分で言っといて自分でそのこと問いつめてどうする僕。

うーん、困ったな。頭をポリポリかきます。

「今でも体のぐあいは悪い?」

「ぐるぐるしてしまって……でもだいぶおちつきました」

「そりゃあよかった。フルーツケーキ好き?」

「はい」

「じゃ、一緒に食べよう。花瓶はある?」

「あ、いえ……」

「そりゃそうか。これ、けさ庭園でつんできたんだ。受け取ってくれるとうれしいな」

バラの花束を渡します。

悲しそうな、さびしそうな、なんとも複雑な顔をして受け取ってくれます。

「……」

えーと話題話題。つまんない男だと思われるのはイヤだもんね。

バスケットを開けて、ケーキを出します。

「これ、食べよう」

「お皿が……」

「いらないよそんなもの」

彼女にバスケットを差し出します。部屋のいすを勝手にベッドに寄せて、勝手にすわって、で、バスケットからうす切りにされたケーキをつまんで彼女に差し出します。

ご令嬢、無言。

「じゃ、僕から食べるから」

えんりょなくむしゃむしゃ食べてみせます。

「……」

突然彼女がはらはらと涙をこぼします。

ええええええ――――！　なんで？　なんでえ？

「ご、ごめんなさい」

「え、きらいだった？」

「ちがうんです」

「なんで泣くの⁉」

おろおろしちゃいます僕。そりゃあ女の子に目の前ではらはら泣かれたら誰だってそうなりますよね！

「みたことあるんです、このイベント」

イベントってなに――――⁉

「私、思い出したんです。ぜんぶ」

「思い出したって？」

「ここがゲームの世界だって」

「ゲーム？　トランプとかチェスとか？」

「殿下はシミュレーションゲームって知ってます？」

「知らない」

「ストーリーがあって、自分がその登場人物になりきって遊ぶゲームです」

「あー、そういうのはあったかも。すごろくみたいでストーリーが変わるやつ。本になってるゲームブックとかテーブルでやるロールプレイングゲームってやつだったかな」

「そういうゲームのひとつですね。コンピューター……。ゲーム機っていうのがありまして、その中で主人公を操作してゲームの世界の中をプレイするんです」

この子すげえ。想像力がハンパない。そんなのほんとにできたらそりゃあすごくおもしろいゲームになると思いますよ。

「その、私は、そのゲームを遊んでいました。今のこの世界が、私が遊んでいたゲームの世界なんです。私は一度死んでいて、生まれ変わって、この世界に来ました。私はこの世界の人間じゃないんです」

なんかすごい設定きた――!!

「どういうこと?」

「私、異世界転生して、この世界に来たんです。前は別の世界の、日本っていう国にいました」

「前世の記憶があるってこと?」

「はい」

「でも君この公爵家で生まれて、育って、十歳になったんだよね」

「そうです。殿下の顔を拝見したときに、そのころの記憶が急にあふれてきて、頭の中でいっぱいになって、それでぐるぐるしちゃって、たおれちゃいました」

拝啓、姉上様。僕の手に負えない事案発生です。僕、この子、お嫁さんにして、愛して、幸せにしないといけませんか。

「そりゃあ大変だね……」

もうちょっと気のきいたこと言えないかね僕。

「で、生前の君ってのは?」

「私はちいさいころから病弱で、持病でしょっちゅう入院していまして、学校にもあまり通えず、ずっとふせっていました……」

「今は元気そうに見え……いや、倒れたばっかりだからそれもないか」

「病院に長期入院したまま、病気がどんどん悪くなって、十歳で死んだんです」

なんかどずーんと重い話、きました。

「そういう夢を見たんじゃないの？」

「夢じゃないんです。今が夢みたいなんですけど、本当なんです」

うあああああ。どうしよう僕。とりあえずこのノリで聞いてみたほうがいいんでしょうか。

「で、どうしてこの世界がゲームの世界ってわかるの？」

「なにもかも私が入院していた時よく遊んでいたゲームにそっくりだからです」

「そのゲームってどんなんだったかって覚えてる？」

「はい」

「聞きたいな」

うん、僕こういうの知っています。小説とか、冒険物語とか読んで夢中になっちゃった子供が、現実と空想の区別がつかなくなって、自分がその主人公になっちゃったようなもうそうするようになるって話。十四歳しょうこうぐんって言いましたかね。十四歳病とも言います。ほら急に眼を押さえて「目が、目が――――！」とか叫んだり、「ぐあああああ！　鎮《しず》まれ！　俺の黒龍紋《こくりゅうもん》！」とか言って包帯巻いた左手を押さえたりするヤツですね。魔法使える人はたまにいますけど、自分もそんな大魔法使いみたいな力が使えるって思いこんじゃった子供、僕も知ってます。

ふつう、名前の通り十四歳ぐらいからそういうもうそうに取りつかれるらしいんですけど、まだ十歳でそうなるとは、このお嬢様もおませさんですね。

こういう場合はですね、できるだけ話を聞いてあげて、「すごいねー！」とか、「さすがだねー！」とか話を合わせてやって、理解者になってあげるのがまず第一歩ですね。その上で、話のむじゅんとか、設定がおかしいところをツッコんで、現実にはそんなことありえないって少しずつわからせてやるのが一番ですね。ようしゃない方法ですけど。

「十歳で日本で死んだ私は、この世界に生まれ変わって、十歳になった今、その時の記憶を思い出しました」

「へー、じゃあ今の君は二十歳というわけかな。ずいぶんお姉さんなんだね」

「十歳までしか生きた記憶がないですし、十歳のまんまだと思います……。記憶が重なっただけですから」

うん、設定バッチリだね。さすがです。

「あの、王子様、信じます？」

「シンって呼んで。信じるよ。おもしろいしその話」

うたがってますね。彼女、信じられるわきゃねーだろこのやろうって顔してます。ごめんなさい。

実は今、土下座してすぐ帰りたいって思ってます。

「そのゲームで主人公は……、十五歳の時に、成績が優秀だということで、平民としては数年ぶりに貴族学校の『フローラ学園』に転入します」

「うん。実在するねその学園。僕も入ることになってるよ。設立当時その名前にするのはだいぶ反対もあったらしいけど、皇后さまに押し切られちゃったんだって」

「貴族や大家、騎士の家系の子ばかりが学ぶその学園に入った平民の主人公は、一生懸命勉強して、トップクラスになります。でもそうすると入学していた貴族の子たちの目障りになりまして、いじめられるようになります」

「……感心しないなあ。僕だったらそんないじめ全力で止めるけど。っていうかそんな悲劇の小説みたいな主人公のゲームやっててておもしろいかなあ？」

「その主人公を陰ながらいじめから助けてあげる人たちが次々と現れまして、主人公はその人たちと恋に落ちて、恋愛関係になるんです」

「都合いいなあ。でもそれって次々現れるなら二股以上になるんじゃない？」

「攻略対象は最大七人でしたか」

「七股かいっ！」

なんですかそのアバズレ主人公。そんな不健全なゲーム、少年少女にやらせるわけにいきませんね。十七歳過ぎて成人してからにしてほしいです。

「股をかけてるわけじゃないんです。誰からも嫌われないようにしないといけないんです。そうでないと、そのうちどの攻略対象からも嫌われてしまいますから」

攻略対象ってなんですか攻略対象って。異性を人間扱いしてますかねそれ。もうちょっと呼び方工夫してほしいですね僕は。

「……その『攻略対象』って呼び方やめません？　男として悲しくなります」

「申し訳ありません……。そうですよね。現実にいるんですから」

「……男ってそんなに女の子嫌いになったりしませんよ。そんな何股もかけてる八方美人、実際にいたら、嫌いになる前にまずかかわりたくありません」

「そこはゲームですから」

現実受け入れてほしいです。それが十四歳病からの更生の第一歩だと思います。

「で、主人公はどうなるの？」

「最後、学園卒業後にその殿方と結ばれて結婚できたらグッドエンド」

「『ハッピーエンド』の間違いじゃ」

「すみません。そうですね」

「グッドがあるならバッドもあると。ベストとかもあるんですかね」

「ありますよ。バッドエンドはキャラ全員に嫌われて学園から追放される」

「ひどいなそれ」

「ベストエンドは、王子様と結婚してお姫様になる」

「それがベストですか……。ってことは主人公は王子とも恋愛する？」

「はい」

「そりゃ無理だと思いますねえ。だって王子ともなれば普通、婚約者ぐらいいますからね」

「主人公は王子様とちいさなきっかけから学園で知り合って、いろいろな『イベント』から愛を育んで、恋愛関係になるんです」

『『イベント』ってなに。そんな行事みたいな……。だいたい婚約者のいる王子がそんな女の子と恋愛関係になるかなあ……」

「そして、卒業式のパーティーで、その王子様は婚約者を断罪して、婚約破棄を言い渡して、主人公と結ばれるんです」

「ひどいなその王子！　浮気だよね！　どう考えてもただの浮気だよね！」

「そうなんですけど、主人公からしたらそれがハッピーエンドですから」

「……王子と結ばれるって、僕は必ずしもハッピーエンドだと思いませんよ。いや王子の僕が自分で言うのもなんですけどね。国を治めるって覚悟と、民を幸せにするっていう責任がともないます。だからこそ、それは貴族である令嬢にしか頼めないんです。平民を巻き込んでいいことじゃありませんよ」

姉上と同じです。大国の顔も知らない王子の元にたった一人で嫁いでゆく姉上の覚悟、決心がその主人公にあるんでしょうか。僕はそこ、むじゅんしていると思いますね。

「……もしかして君がその主人公なの？　いやいやいやいや、君、平民じゃないから。公爵令嬢でしょセレアさんは」

「違うんです」

「違う？」

「私は、主人公じゃないんです」

「ないの？」

「私はその断罪され、婚約破棄を言い渡され、追放される王子様の婚約者なんです」

「ええええええー！」

じゃ、なに？　その浮気者でひどい王子が僕なわけ？　僕そんなふうになるの？

って僕そんなふうに彼女に思われているの？

「悪役なんです私。『悪役令嬢』ってやつなんです」

「貴族のご令嬢をそんな呼び方したら不敬罪でそれこそ断罪ですよ……。ちなみにその王子の名前はなんていうの？」

「シン・ミッドランド様、ラステール王国第一王子、つまり、殿下です」

「僕ってそんなひどい男に見えますかね……」

なんかガッカリです。

「いえ、王子様は優しくて、誰にでも分け隔てなく接し、平民にも親切にしてくださいます。全校生徒のあこがれの的ですよ」

「……まあ、それが学園に在籍しているときの義務だから。学園内では一応、身分の差なく公平ってのがたてまえだから」

そうなんですよね。学園の門には「この門をくぐる者は全ての身分を捨てよ」と書いてあります。学問の前に全ての者は平等という考えですね。

国王である父上の提唱です。有能な人材を得るためには身分の差なく公平に受け入れるべきである。それが国の発展につながるという考えです。僕もそれは賛成できる良策だと思っていますよ。だから公爵子息であろうと男爵子息であろうと、男子だろうと女子だろうと、平民であろうと、学園の中では身分の差はなしです。対等に口きいていいんです。

「その殿下が婚約者である私をさしおいて、その主人公と恋に落ち、私がじゃまになるんですよね」

「ひどいな僕」

「私はそのことにしっとして、いろんないじわるや、いやがらせを主人公にするようになり、そのことでますます殿下に嫌われる。そして追放されるんです……」

追放かあ。この国で追放というと学園を退学、身分の剥奪、他国への所払い、屋敷牢《ろう》へ軟禁、最悪死刑、いろいろありますけど、まだ未成年の学生にそんなひどいことしませんよ、いくらなんでも。

「……そんなことしなきゃいいじゃない」

「え？」

「いや、だから君がそんなことしなきゃいいじゃない」

「でも、シン様が主人公と恋に落ちるのはわたしにはとめられません」

「僕がその子に近づかなきゃいいんじゃない？」

「わかりません。それは、私にもわからないんです。ゲームの通りになるか、それを止められるのか、もし無理だったら私は追放、このコレット家も没落、ひさんな結果におわります……。悪役令嬢にはハッピーエンドはないんです」

そりゃ僕の婚約者になりたくないよね。でもなんかくやしい。僕がやってもいないことをやるって今から決めつけられて、それで婚約を断られるってなんか理不尽すぎませんかね。

そんなゲームをずっと病院に入院して、たった十歳で死ぬまでやってたってことなんですか。思えばこの子も不幸ですね。その不幸をこの世界でもくりかえすんですか。なんだか気の毒になってきました。

「……言いにくいことなんだけど、それ全部君のもうそうじゃ」

「違うと思います」

「うーん……」

ここで「証拠はあるのか！」って、問いつめるのはかわいそうですよね。十四歳病だって言っちゃうようなもんですから。

「シン様もきっと心当たりがあると思うんです」

「たとえばどんな？」

「シン様、七歳の時に、お城の隠し通路を抜けて、おひとりで城外に遊びに行きましたよね？」

ある。あります！　それやったことあります！　でもお城の隠し通路なんて、戦争になって、城壁がやぶられて、敵兵がお城の中にまで入ってきた時に使うようなもので、王族以外には知られていません。トップシークレットです。この子が知るわけありません！

「そのとき、城下町で、猫をいじめていた子供たちがいたはずです」

「……いた。いたよ」

「その猫をかばった女の子が、男の子たちにいっしょにいじめられていて」

「まさか君がその時の女の子⁉」

「ちがいます。私みたいな黒髪じゃなかったはずです」

「……ぜんぜん覚えてない。でもたしかに黒髪じゃなかったと思う……」

「シン様はそのとき、『女の子をいじめるなんて恥ずかしいと思わないのか！』って言って女の子をかばって」

「あーあーあー、あったかも」

「でもやられちゃうんです。すぐに衛兵たちが駆けつけて助けてくれるんですけど」

「……うっ」

はずかしー。カッコわるいね僕。でもたしかにそういう記憶ありますよ。そのあとすっごく怒られましたけど。

「シン様はそのとき、笑って、女の子に言うんです」

「な、なんて」

「『僕、君のナイトになれたかな』って」

うあああああ!! やめてやめてやめて！ 言った！ 言いました！ 言っちゃったよ僕！ 七歳とはいえ、よくそんなセリフ女の子に言いましたね僕！

「なんで知ってるの！」

「ゲームのオープニングのイベントです。はじめるときに毎回出るんです」

「毎回見られてるんですかそれ！」

「ふつうは一回見たらとばしちゃいますけど」

そういう問題じゃなくってね！

「なんなのそれ。っていうかそれ絶対僕しか知らないことだよ？　衛兵だってそんなの聞いてないはずだよ。こっそりささやいたんだからさ。相手は平民の子だったし、君がそんなの知ってるわけないよ……」

「乙女ゲーのオープニングで、主人公とメインキャラの幼少期の出会いイベントは定番ですから」

「ちょっとなに言ってんのかわかんない」

「その時の女の子が、学園に入学してくる主人公なんです」

頭を抱える僕を、ひややかにお嬢様が見ております……。

その子の入学、断固阻止したくなってきました。

「その猫、『クロ』っていう名前の黒猫でした？」

「うん、それは覚えてる」

「それ絶対、転生ヒロインの飼い猫です。私と同じで、同じゲームやっていた記憶のある、異世界の日本人です。間違いないです」

「なんで？」

「私たちの国の言葉、日本語で、『クロ』っていうのは、黒い色のことですから」

……そうだったんだ。

「……」

「お信じになりますか？」

「……否定できなくなりました」

コンコン。

いいタイミングで、いや、悪いタイミングなのかな？　ドアがノックされます。

「どうぞ」

「失礼します」

メイドのベルさんが入ってきました。お茶とお菓子を持ってきてくれましたね。

ポットにお湯を入れて、カップにお茶を注いでくれます。その間、無言。

……いや、なにを話したらよいものか。

「誰かに言いましたか？」

ふるふるふる。彼女が首を横に振ります。そりゃあ言えないよね。

「婚約をお断りする以上、シン様には話さなければならないことと思って話しました」

がちゃん。食器の音がします。ベルさんの手が滑ったようです。

なにを話したんだこのお嬢様、って顔しています。仲良く話していたんじゃないのか。誤解は解けたんじゃないのか。婚約の話、決まったんじゃないのかって思いますよねそりゃ。

「わかりました」

僕は大きくうなずきます。

「後日、正式に婚約の申し込みをさせていただきます」

セレア嬢の顔が驚きの口あんぐりですね。

なんで？　なんで？　って顔で僕を見るセレア嬢。

「ありがとうございますベルさん。さあ、お茶をいただきましょう」

フルーツケーキをつまみ、お茶を飲みます。

「おいしいです、このお茶」

「ありがとうございますシン様。で、その、お嬢様との婚約の件って」

「楽しい時間を過ごさせていただきました。お話の間、セレアさんは僕に一度もウソをつかず、話すことが全て真実でした。僕の妻にふさわしい方です。これからもずっと一緒にいてほしいと思いました。もっとたくさん、話を聞きたい」

うそおっ、って形にセレア嬢の口が開きます。

「まだ床にふせっている中、お時間をいただいてありがとうございました。おだいじにセレアさん。いや、セレア」

そうして席を立ちます。ベッドの横にひざまずいて、彼女の手を取り、その甲にキスします。セレア、真っ赤です。

「また会いましょう。遊びに来ますよ。これからは何度でも」

ドアを開けると、コレット家のみなさんが集まっていました。なんの集まりですか。執事さん、メイドのみなさんから当主のハースト公爵までいらっしゃいます。いや今までの話、全部聞かれていたりしないよね。コレット邸、そんなに壁やドアが薄いってことはないと思いますけどね、信用していますよ？

「お嬢様と面会を許していただいてお礼を申し上げます。僕は今ここに、シン・ミッドランドの名において、セレア・コレット様に婚約の申し込みをいたしましたこと、ご報告させていただきます。正式な申し込みはいずれ。御家をおさわがせして申し訳ありませんでした。それでは失礼させていただきます」

一礼して、護衛のシュリーガンが待っているサロンに向かって歩きます。

背後から「やった――――！」「大逆転だ――!!」「おめでとうございます!!」という大歓声が上がります。うん、外堀からガンガン埋めていきましょうね。

サロンに行くと、シュリーガンがお茶にお菓子やってます。あいかわらず図々《ずうずう》しいなコイツ。

「ベルさんにお茶とお菓子をいただきましたよ。いやーうまいわ」

そりゃよかったなオイ。主人より先にお茶もらえて。

「なにやらかしたんです王子」

「うん、セレア嬢、いや、セレアに婚約の申し込みをしたよ」

「そりゃあめでたい！　いやあこれで王家も公爵家も安泰ですな！」

お前はこれからもベルさんに会えるからでしょ。そこだよね絶対、喜んでる理由って。

「騒ぎに巻き込まれないうちに帰るよ。さっそく国王陛下にご報告しなきゃ」

「こ、これ食ってから」

「早く食え」

王宮にもどってから、国王陛下である父上と、母上にご報告をいたしました。うんうんとよろこんでくれています。

「お前が決めることではあるが、断ったり、断られたりしたらかなり面倒だったな。よくやった」

とっくに決まってることなんで、僕がどうこう言ったからって結果が変わるわけじゃ、そうそうないんだとは思うんですけど、やっぱり誰からの反対もなくすんなり決まるのが一番ですもんね。

「まだご令嬢から了承をいただいたわけではないんですが」

「心配いらん。断るわけがない。これで決まりだ」

事実上彼女に選ぶ権利はないんだってことです。僕、かなり非情なことを決めてしまったような気がします。あの時、彼女が過去の記憶を思い出さないでたおれたりしないで、そのままお茶を一緒に飲んでいたら、どうだったでしょう？　やっぱりこうなったんだと思います。

あの場で断ったら？　僕が断っても、この話どんどん進んだと思います。どっちでも同じなんですね……。彼女を幸せにするか、悲しませるか、それ結局は全部、僕しだいってことです。

がんばらないといけませんね！


夜、姉上も部屋に来てくれて、「おめでとう！」って喜んでくれました。

「シンにも婚約者かあ……。私の義妹《いもうと》になるんだね。かわいい子だった？」

「うん、黒髪がきれいで、ちょっと不安がっていたけど、礼儀正しくて正直で、僕は気にいったな」

「そうかあ。よかったわ。これで私も安心して嫁いでいける」

本当にうれしそうです。

「ねえ姉上、こういうお話って知ってる？」

彼女が自分の妄想ではなく、実はなにかの小説や物語から影響を受けたのだとしたら、似たような話がこの世界にもあるはずですよね。貴族ばかりの学園に平民の子が入学してきて、学園で貴族と恋人になって、元からいる婚約者が邪魔になって婚約破棄して、貴族がその平民の子と結婚するって話。

「王子様」って言うと僕のことになっちゃうので、そこは「貴族」ってことにしときます。

「まるで灰かぶり姫だねえ。でもそんな小説も舞台も観《み》たことないな。だいたいそんな平民が色恋沙汰だけで貴族や王族と結婚するような小説あったら発禁になって焚書《ふんしょ》にされちゃうかも。そんな貴族いるわけないし、貴族の地位が揺らぐわ。灰かぶり姫の童話はあるけど、王子様だって婚約者がいたら、灰かぶり姫を捜したりしないでしょ」

「ですよねえ……」

「その子、そんな本読んで、自分も婚約破棄されちゃうかもって思っているの？」

「えーと、まあ、だいたいそんな感じ」

実際には彼女は、かなり確信があるようでしたが。

「でも学園の中じゃ、あり得ない話じゃないかもね。私もフローラ学園にいた時、お父様の『この門をくぐる者はすべての身分を捨てよ』っていう教育理念を守って、平民とも分け隔てなく付き合っていたもの。そんなのは建前だって言う貴族のボンクラどもの抵抗がすごかったけど、私が率先してどんな爵位の人とも、平民の生徒とも交流しているうちに雰囲気かわったね」

さすが姉上です。僕は姉上のそういうところ大好きです。

「でも私も一年ちょっと学園にいただけで、すぐにハルファに留学しちゃったから、結局もとに戻っちゃったかもね。残念だけど」

そうかー……。

「シンも私の後を継いで、学園のそういう雰囲気、ぶっ壊してね。貴族の鼻持ちならない選民意識とか、特権階級の横暴とか許しちゃダメ。民の信頼と尊敬だけが、貴族の財産なんだから、ただ威張り散らすだけの貴族なんてこの国には必要ない。社会に出たら否が応にも身分社会に放り込まれて貴族は腐るわ。そうならないように、常に王は民と共にあるってことを忘れちゃダメなの。がんばってねシン！」

「はい」

責任重大です。僕に、父上と、姉上の目指していた学園の本来の姿、実現できるでしょうか。

「十歳でお嫁に行く先が決まっちゃうんじゃあ、不安になって当たり前なのよ。子供だしね。マリッジブルーってやつよ。よくあるわよ」

姉上はそんな気配、カケラもないですが。姉上ぐらい自信家だったら、ヒロインだろうと悪役令嬢だろうと全て蹴散らして己の道を進むでしょうね。

「だからね、シンはその子のこと、そんな不安にさせないぐらい、めちゃめちゃに愛して、かわいがって、溺愛しちゃえばいいの。そうすればその子も、笑ってお嫁に来てくれるわ。どんな時も味方になって、決して彼女を裏切らない。『彼女のナイト』になってあげるの。できる？　シン」

今、ものすごくイヤなセリフが姉上の口から飛び出しました。僕がそのマリッジブルーってやつになりそうです。七歳の僕のナイト願望、もしかしたら姉上の影響だったのかもしれません。いや、そうに違いありませんね。「アンタのせいか――――！」って、心の中のもう一人の僕が叫んでいます。

もう一つ疑問なことがあります。逆に、セレアの「ニホンという国で病院に入院していて、そこで死んだ」というほうがもうそうだったとしたら？　よく考えてみたらそっちのほうがずっと可能性高いですよね。

病にふせっていた彼女が、そんな夢を見たって話もしてみました。

「それはないと思うなあ。そんな作り話はこの国にはないよ。だってこの国で『病院』ってのができたのは私が留学から帰ってきてからのことだからね。それまではお医者様が直接病人のいる家を診察に回っていたから」

だから病気になってもお医者様にかかれる人はお金持ちか貴族にかぎられちゃうんですよね。先進国のハルファにならって、姉上がこの国に病院を設立し、お医者様を集めて、平民でも誰でも安い費用で病気を診てもらえるようになったのって、ここ数年のことなんですから。そう考えると、留学から帰ってきてから、父上や大臣を説得して回って、病院や養護院を作った姉上って、ホントすごいですね。尊敬しちゃいます。

「なんでシンはそんな小説、知ってるの？」

「いや、なんかそういう小説、すでにあるのかなーって思って」

「メイドさんたちにも聞いてみたら？　恋愛小説とか好きな子いるよ？」

姉上に聞いた恋愛小説大好きなメイドさんにも、そういう小説ないかって聞いてみましたけど、そんなの初耳だって。逆に読んでみたいからおしえてくださいって言われちゃいました。全部彼女のもうそうだったとしたら、そっちがすごいわってことですね。

……それに僕の子供のころのはずかしい記憶も当てられちゃいました。確定じゃないですけど、もうそうだって決めつけられないところがいっぱいあったんです。今後のことは、これからも彼女とよく話し合う必要があるでしょうね。

☆彡

さて、僕はお嬢様がお元気になったと聞かされて、さっそく準備します。

大量の紙と筆記具を用意して、かばんにつめて、バラの花を一輪つまんで、シュリーガンと一緒に朝からお出かけです。

「今日は長くなると思う。シュリーガン帰っていいよ。夕刻迎えに来てくれれば」

「イイっすよ。俺ベルさんと話してますから」

「ベルさんに迷惑だよ」

「ベルさんの仕事手伝いますよ」

「僕を手伝う気はないんかい……」

正面ホールでもうメイドさんたちが並んで、公爵とセレアがお迎えしてくれます。今日はちゃんとしたドレスです。白を基調にした、かわいらしいドレスですね。

みんなの前に進んで、まず公爵様にご挨拶。

「本日は急な訪問、誠に申し訳ありません。国王陛下にも許可をいただきまして、はやる気持ち抑えきれず、セレア様に婚約の申し込みをいたしたく、はせ参じました」

「シン王子殿下には度重なるご足労、感謝の極みでございます。早々の申し出、喜びをもってお受けしたいと思います。どうぞ娘をよろしくお願い申し上げます」

「セレア」

お嬢様に向き合います。

「僕の妻になる人はあなたをおいて他にいません。シン・ミッドランドの名にかけて、生涯の愛をあなたに誓います。どうぞ僕の結婚の申し込みをお受けください」

そう言って、片膝ついて、一輪のバラの花を差し出します。

「豪華な花束などあなたに差し出すのはかえって不遜。王宮の庭園でたくさんの花たちの中から、僕が一番美しく、一番かれんな一輪をえらびぬいて、つまんでまいりました。どうぞこの花を、僕の気持と共に、お受け取りください」

「…………はい」

みんなの歓声、拍手の中、セレアがバラを受け取ってくれました。

公爵邸で、サロンに案内されそうになりましたが、そこはお嬢様のお部屋で面会するようにお願いします。もう一度入っちゃってますしね。今日は誰にも聞かれたくない話をいっぱいします。お部屋のほうがいいでしょう。

「シン様って、ホントに十歳なんですか？」

「失礼だなあ。ホントに決まってるって」

彼女の部屋に案内されて、二人っきりです。お茶もお菓子もおいしいですよ。

「よくあんなセリフがすらすら言えるなあって」

「王子だからね。それぐらい姉上や妹を淑女に見たてて先生に練習させられるよ。社交は貴族のたしなみだから」

「はあ……。大人っぽいなーって思っていましたけど」

「姉上は厳しいよ。毎回違うセリフで言わないと殴られちゃうからね。オリジナリティがないって。そんなセリフじゃ乙女はキュンキュンしないって」

「シン様が将来モテモテになる理由、わかるような気がします……」

こうやって打ち解けて話してみると、素は面白い子ですね。

テーブルの上には一輪挿しのバラ。

「でも、このお花ほんとうにきれい。うれしかったです」

「ありがとう。花びらが全部落ちたらどうのこうのとか言わないでよ？」

「あとでドライフラワーにします。一生大事にしますからね」

「はいはい」

そう言って、一輪挿しを戸棚の上に背伸びしておいています。

「決まっちゃいましたね……」

「決まったね」

　しみじみ言う彼女にあいづちを打ちます。

「僕は王族、君も貴族。君がことわるわけにいかないし、僕がことわってもなにも変わらないし。だったら、イヤイヤ婚約するより、よろこんで婚約するほうがずっといいと思うんだ。僕は君と婚約できてうれしい。たぶん、どんなお嬢さんと婚約するよりも」

「ありがとうございます……」

　彼女、あきらめ顔ですね。彼女にしたら、これで没落追放、決定ですからね。これからは彼女から、将来の不安を取り除いてあげることが僕の仕事になります。ゲームとか異世界とか、そんなの本当にあるとかないとか今はどうでもいいです。大事なのはそこじゃないんです。まずそこから始めましょう。

「将来、君は、僕に婚約破棄をされて不幸になるんだよね」

「はい」

「だから、僕らはそうならないように全力で作戦立てて、その運命を変えていこう」

　そう言ってかばんから紙の束を取り出して、万年筆とインク、吸い取り紙を用意します。テーブルをはさんで向かい合って、事情聴取ですね。

「まずその君が婚約破棄されるお話、最初から順番に思い出せるだけ、全部話して」

　いやあ、すごかったです。膨大な量ですね。

小説一本分の話になりますよもう。七歳で僕と出会ったその主人公は、その時助けてくれた男の子が、王子様だとはまだ知りません。エンディング前に、王子様に愛を告白されて、その時はじめてその時の男の子が王子様だったたって思い出すんです。『どんかん主人公』っていうらしいんですが。

王子のほうは最初から主人公のことを覚えていて、それで気になって、ずっと見守っていたって言うんですよね。なにそれずるいって感じです。

「僕すっかり忘れていましたが」

「黒歴史ですもんねえ」

「内角からわきばらをえぐるようなフックやめて……。でもその子がゲームやり込んでいたなら、僕のこと王子ってとっくにバレてるよね」

「だと思います。七歳の時に『王子キタ――――!』とか思っていたはずですよ」

「いやあその子だって七歳でそんなゲームやってるかなあ。君と同じで、まだゲームの記憶思い出していないかもしれないし」

「私はシン様と出会った時に記憶が戻りました。それがフラグになっているのかもしれません」

「ふらぐってなに……。きっかけってことだよね。だったらその子、僕に会ったとたんに悲鳴上げて倒れてたと思うけど?」

「……あのときは大変失礼をし、申し訳ございませんでした」

こうやって事実関係をはっきりさせていく、物語の設定やむじゅんを明らかにしていくのって、けっこう楽しいです。二人で物語を作っていくみたいで。彼女にツッコみ、ツッコまれ、僕はさっきからおかしくてしょうがありませんよ。最初はうんざりするような作業かと思っていましたが、これ、楽しいですね！

「いや、イヤミを言ってるんじゃないよ。現時点でその主人公……『ヒロイン』が、君の言う『ゲームの記憶持ち』かどうかは確定できないってこと。どのタイミングで思い出すかはわからないし、最後まで知らないままってこともありうる」

「そうなりますね……」

「ヒロインの名前や姿も今のところはわからないと」

「最初の設定で入力できますし」

都合いいなあ……。

「シン様もその子に会ったら、七歳の時のヒロインのことを、いきなり思い出すんじゃないですかね。私みたいに」

僕も悲鳴上げてぶっ倒れちゃうの？

だったら絶対思い出したくない記憶ですね。避けたいです……。

「その子がいじめられるたびに、僕が助けに登場するんだよね」

「シン様だけじゃありませんよ。攻略対象それぞれにイベントが用意されていて、発生条件もいろいろです」

うん、その『攻略対象』って言い方好きになれませんけど、もういいです。

「具体的には助けなきゃいいわけか。事前に知っていればさけられそう」

「そこはゲームの強制力がありますから、わからないです」

「強制力って、そんなに強力かなあ？」

「現に私はシン様と婚約させられてしまいました。さけられませんでした」

そういう言い方やめて。悲しくなります。

「そこは貴族に生まれた以上しょうがないとあきらめてください。自由に恋して結婚なんて平民だけに許されたぜいたくですよ。ゲームとは関係ありません」

「そうでした。失礼しました」

ぺこり、彼女が頭を下げます。

「で、ヒロインにとってのベストエンドでは、僕に断罪された君は、爵位を失い、家からも追放されて一生修道院暮らし」

「はい」

「バッドエンドでは？」

「嫉妬に狂った私が彼女をナイフで殺そうとして、衛兵にその場で殺されます。ヒロインはその時の傷を理由に王子と結婚はできませんが」

「いやそれぐらい君が自分で回避できそう。斬らなきゃいいんだから」

「そのイベントがないと、ふつうに王子未婚エンドになりますね。ビターエンドです。身分の差を乗り越えることができなかった二人は、生涯独身で過ごすんです」

「うわー悲しい。君は？」

「他国に嫁にやられてしまって、その国で革命が起きて断頭台」

「うわあ……。一切かかわらなかった場合は？」

「ヒロインが王子様に目もくれず他の攻略対象とくっついた場合はいろいろあるんですけど、それでもヒロインのいじめの首謀者としてやっぱり断罪されてしまいます。王子の婚約者としてふさわしくないってことで婚約破棄させられてしまい、王子様もすっかり私のことがきらいになってしまって、結局は追放されるか、自殺するかしてしまいます。心を病んで病気になって死ぬ場合も」

「最悪――――！」

どう転んでも悲惨な結果しかないんですね！　悪役だからって、そんなエンディングしか用意されてないって、ひどいですね。

「ヒロインにはバッドエンドないの!?」

「ヒロインが誰とも恋仲になれなかった場合は、成績がよかった場合は王立学院に入って勉強を続け、後に学園の教師になります」

「普通の場合は？」

「在籍中得意にしていた科目や部活、アルバイト先の職業につきますよ。料理が上手だったら料理店とか」

「悪かったら？」

「養護院の世話係か、下級貴族の屋敷でメイドです。退学させられた時も同じです」

「そこそこ幸せだねえ……」

「まったくです。私もそっちのほうがやりたいぐらいです」

いやそこはもうちょっと頑張って君は王妃をやろうよ。

「しかし君も十歳でよくそんなゲームやってたねえ」

「看護師さんにそういうのが大好きなお姉さんがいて、いつもそのゲームで一緒に遊んでくれていたんです。『このルートも面白いよ！』とか、『この人ともつきあってみて、意外な一面が見られてキュンキュンしちゃうわ！』とか教えてくれて。入院生活が長かったせいもあって、私、結局全ルートやっちゃいました」

……重い病気でいずれは亡くなってしまう十歳の女の子。恋も知らずに死んでしまうのはあまりにもかわいそうですもんね。そりゃあ、看護師さんも仕事抜きであれこれ世話してあげたくなるかもしれませんね……。

「……私、やっぱり、王子様のこと、大好きでした」

「それって僕が学園に入学して十五歳になったときの話だよね」

「優しくて、紳士で、平民の私とも分け隔てなく接してくれて、頭がよくていつも成績トップで、剣も強くて、いつも私を助けてくれて……」

「なにその完璧超人」

「でも、ときおり見せる寂しそうなおすがたがせつなくて、私にだけ見せてくれる笑顔がすっごく優しくて」

「僕そんな人間にならないといけないんですか。プレッシャーです。なんで僕そんなにさびしそうなの」

「親に無理やり決められた婚約者がイヤで、キャーキャー寄ってくる女避《よ》けにはなるからって婚約者と形だけお付き合いはしているんですけど、本当に誰かを好きになんてなったことがない、恋を知らない寂しい人なんです……」

「そこにつけ込んでくるわけですなヒロインは」

「だいなしです王子様。私、ゲームではヒロインだったんですから」

そう言って彼女がくすくす笑います。笑顔、初めて見たかもしれません。かわいいです。普通の女の子です。僕も一緒に笑います。

「本当のシン様って、全然違いますね。なんていうか、こう、カッコつけたところが全然なくて」

「僕のお嫁さんになる人に、カッコいい僕なんか好きになってもらったって全然うれしくないよ。僕は僕なんだからさ」

「シン様は、よくヒロインに『君は君なんだから』って言ってました」

「あーあーあー。言いそう。いや、たぶん僕それ言っちゃうと思う」

「……私、今のシン様のこと、好きになれるかもしれません」

「嫌いだった!? 僕のこと嫌いだったの!? この話だと、ゲームの中の君、僕にベタ惚《ぼ》れだったよね!?」

「そうじゃないんです。この世界で、自分がヒロインじゃないってわかって、破滅エンドしかない悪役令嬢の今はシン様が怖かった……」

「怖くないよー、君をそんな目にあわせたりしないよー。僕だってそうと知ったら、ヒロインのことなんか好きになるわけないよ。これからもなんでも教えてね」

「はい！」

「それでさ、あと、この攻略対象のルートのことなんだけどさ……」

すごいです。ここまで設定できてると怖いぐらいです。一部をのぞき、どの子もどの人も僕が知ってる実在の人物です。彼女が知ってるはずがない人物についてまで詳細に。

ほんのちょっとのことで、ストーリーがどんどん分岐するんですね。本を読んでいて、読者が主人公に「こうしろ」って言うと、主人公がそうすることによってストーリーがどんどん変わっていくって感じです。いやあ、しかしほとんど『予言の書』と言っていいものです。

ホントだったらね。

このゲーム考えた人はすごいです。彼女一人のもうそうで作られたものじゃ絶対にありません。異世界があるのか、ゲームの世界ってものがあるのか、そんなことはわかりません。でも、大いなる第三者の力は絶対、存在するってことになります。それが神様なんだか天使なのかは知りませんけど、もし、この通りのことが起こったら、そのたびに僕は確信を深めていくことになります。

さすがに日が傾いてきました。一日では全部まとめきれません。今日はこれぐらいにしておきましょうか。

「これからも思い出したことがあったらどんどん書き加えてね。僕はこっちの王子ルートだけ持って帰って見直して、気が付いたことはあとで聞くから」

「はい」

「また来るよ」

「お待ちしてます」

「近いうちにお妃《きさき》教育が始まるから、君も王宮に来てもらうことになるんで、その時にもまた会えるし」

「はい。楽しみです」

「楽しみなの？　僕、礼儀作法とか今でも面倒なんだけど」

「私は病弱で学校とかほとんど通えなくて、勉強ができませんでしたからうれしいです」

「公爵令嬢として習い事とか一通りしてるはずじゃ」

「それはそうなんですけど、そのころの私はお勉強がきらいでしたから」

そっか。わがままでごうまんなお嬢様って話でしたけど、すっかりまじめでいいお嬢さんになった気がします。僕はこっちのほうがだんぜん好きですね。

「あと君は……」

「セレアって呼んでください」

「セレア」

にっこりして、ぽっと赤くなるセレア嬢。かわいいです。

「セレアも、対抗策考えておいて。破滅を回避する方法ね」

「はい！」

そして、彼女の前に片膝ついて手を取って、甲にキスをして、立ち上がります。セレア、もう真っ赤です。

「さっきセレアは、僕が誰も好きになったことがない、恋を知らないさびしい男だって言ってたよね」

「……ごめんなさい」

「だったら、もう心配いらないよ。僕はもう恋を知らない男じゃないし、君がいてくれるからさびしくもない。僕は絶対にセレアのことを守ってみせる。じゃあ、またね」

シュリーガン、どこ捜してもいませんで、お屋敷の方に聞いてみたら、厨房《ちゅうぼう》でメイドのベルさんと一緒にジャガイモの皮むいてました。

「帰るよ、シュリーガン」

「も、もうちょっと」

「しょうがないなあ。僕も手伝うよ」

シュリーガンの隣に座って、僕もキッチンナイフを手にさっさとジャガイモの皮むきを手伝います。

「ありがとうございます殿下」

つくづくすごいなこのメイド！　普通止めるでしょ！　王子にそんなことやらせるなんてとんでもないとか言ってさっさとシュリーガン追い出すでしょこういう場合！　読めないなあベルさんて……。

てなわけで、僕もボウルいっぱいのジャガイモを二十個も皮むきしてから、お屋敷を失礼することになりました。

執事さんに次の訪問のことを伝えておきます。

「今後はお出迎え、お見送りはけっこうです。もう僕この家の家族ですから。では失礼します」

「はい、あの、殿下……」

「なんでしょう」

「殿下に出逢われてから、お嬢様はすっかり変わられました。わがままが消え、私ども使用人のことも思いやってくださるようになり、とっても優しい子になりました。殿下のおかげです。使用人一同よりも、お礼を申し上げます」

なんかうれしいですね。それ、僕の手柄じゃありませんけどね。

☆彡

「お見えになりましたぜ！」

シュリーガンの声が庭からします。

「えええええ！　まだ早いよ！」

礼服に身を包んだ僕はあわてて部屋を飛び出します！

「殿下！　お行儀が悪いですよ！」

走っているところを見られ、メイド長に注意されちゃいました。

「もうセレアが来てるんだって！」

「サロンにご案内してからお呼びいたします。お待ちください」

「そんなの待ってらんないよ！」

今日はセレアの、国王陛下との初めての拝謁《はいえつ》の日です。僕の婚約者ですからね、家族全員、つまり、王妃である母上、姉上、弟と妹二人も列席します。

それに対してセレアはお父様であるコレット公爵と二人だけ。セレアも覚えていないぐらい小さいとき、やはりご両親と共に拝謁したことがあるそうですが、まだ赤ちゃんも同然のころですからね、事実上、これが王子の婚約者としての初めての公務となります。

セレア、心細いに決まっていますからね、僕がそばについていてあげないと。ホールを出て、正門まで走る僕を、近衛騎士のシュリーガンが追いかけてきます。

「殿下！　まったまったまったまった！　止まって！」

「なに！」

止まってふりむいた僕の手をシュリーガンがつかまえます。

「殿下、こういうのは走って迎えちゃいけませんや。男はね、どーんと構えて、自分からは動かずに、ホールで待つ。いいっすね。ダンスと同じっす」

「うーん、わかったよ」

ホールまで引き返して、並んだメイドさんたちの奥に行き、ホール正面階段の前で筆頭執事の横に立ちます。

「殿下自らお出迎えですか」

白髪の筆頭執事がニコニコして、僕を見ます。

「うん、僕の大切な婚約者なんだから、お城に来て、一番最初に会うのは僕でないと」

「よい前例になるといいですな」

そうして、背筋を伸ばしてしゃんと立つと、正面に四頭立ての馬車がかぽかぽと進んできました。

横付けされ、まずコレット公爵が下車されます。そして、四人乗り馬車が両開きにドアが開いて、公爵に手を取られてドレスのセレアが降りてきました。

白いブラウスの胸元に大きなリボン、黒のジャケットと黒のスカート。華美でなく、シックで清楚《せいそ》な装いが、つやつやの黒くて長い髪によくにあいます。公爵にエスコートされてセレアがこちらに歩いてきます。

「本日はお招きいただいて恐悦至極《きょうえつしごく》にございます。我が娘、セレアの国王陛下へのお目通りの機会を与えていただいたことに感謝を申し上げます」

「わざわざのお出迎え恐縮でございますシン殿下。コレット公爵家一女、セレア・コレットと申します。本日は国王陛下へのご拝謁、身に余る光栄にございます。どうぞよろしくお願い申し上げます」

そう言って、スカートをつまんで、優雅に一礼してくれます。

「本日は招きに応じ、ご足労いただき誠にありがとうございます。今日をよき日といたしましょう。さ、ご案内させてください」

僕も手を胸に当てて、お辞儀をし、それから手を上に向けて、差し出します。

きょとんとするセレア。

「(セレア、手、手!)」

エスコートですね。あわててセレアが、僕の手に、自分の手を添えます。

「ご案内つかまつります」

筆頭執事が片手を広げて、階段を先導します。

「あれ？　まずサロンじゃなかったっけ」

「もう玉座でお待ちでございます。せっかちなことですなあ」

なんだかなあ。そんなにみんな、早く会いたいのかな。

緊張していますねえ、セレア。ちらっと振り返ると公爵がニコニコしてついてきます。国王である父上とは旧知の仲ですから、こちらはいまさら緊張もないですか。

衛兵が扉を開け、玉座の間に通されました。赤いじゅうたんを踏んで、国王陛下の前に進みます。

父上、意外と王様らしくない、シンプルなスーツですね。通常の執務で着ているような服です。玉座の横に並ぶ、母上や姉上、僕の弟妹たちも、夜会のようなコッテコテのドレスじゃありません。

家族で過ごすような、いつもの服を着ております。緊張するような場ではない、失敗したって、口上が上手に言えなくたっていいんだよっていう、あたたかな配慮が見て取れます。

僕に手を引かれたセレア、並んで歩きます。緊張してがっちがちって感じですね。

二人並んで、陛下の前に立ち止まり、膝をついて頭を下げます。セレアはスカートをつまんで広げてから。まずは僕のセリフからですね。

「陛下、本日はお目通りをかなえていただきましてありがとうございます。陛下が一子、シン。本日は私の婚約者、コレット公爵家ご息女、セレアをご紹介することをお許し願えればと、御前にまかりこしました。どうぞよろしくお願い申し上げます」

次、セレアのセリフ。

「本日はお招きいただき、恐悦至極に存じます。コレット家一女、セレアと申します。本日は国王陛下へのご拝謁、身に余る光栄にございます。どうぞよろしくお願い申し上げます」

玄関ホールで言ったあいさつと同じですね。

「よい、顔を上げよ」

二人、顔を上げます。

「セレア嬢。大きくなったな。前に見た時はまだ赤ちゃんだったが」

「ハースト殿が、やっと女の子が生まれたと言って、喜んで見せに来てくれました。私も抱かせていただきましたわ。覚えていらっしゃらないと思いますけど」

父上も母上もうれしそうです。

「あの時は冗談で、シンの嫁にと申したものだが、それが今日、ここに実現して余はまことに嬉しく思う。二人、これからお互いをよく支え、精進し、よく学び、来るべき王位継承に備えよ」

「身に余るお言葉、謹んで肝に銘じます」

「温かいお言葉をいただき、恐悦至極に存じます」

二人、そろって頭を下げます。

「うむ。さ、よく顔を見せてくれ」

そう言って父上が玉座を立って、こちらに降りてきました。気さくにセレアの前に立ち、ひざまずいてにっこり笑います。それを合図に、母上とぼくの弟妹たちもまわりを取り囲みました。

「美人だな！　ハースト、でかしたぞ！」

「嫁に出すのはまだまだ惜しいがな、王子が相手じゃ、不足があろうはずもなし、しょうがないというものだよ。はっはっは！」

「余の息子では不満か？」

「いやいやいや、そんなことは言っておらん」

「言っておるではないか」

そう言って笑います。仲いいですね父上と公爵殿。

「かっわいいわあー」

姉上も大喜びですね。姉上にもセレアのよさがわかりますか。

「お姉ちゃんだね」

「うん、姉上っていうより、お姉ちゃんって感じ」

妹たちなんか生意気なこと言ってます。姉上よりは、年が近いせいでしょうか。セレア、戸惑って、真っ赤になってますね。

「怖気《おじけ》づくことはない。もう私たちは家族なのだ。なにも緊張しなくてもよいのだよ、セレア嬢」

「そうそう。もう失敗したり失礼があってもいいの。私にとっても娘ですもの」

母上がそっと目頭をハンカチで押さえます。

「カレン様が生きてらっしゃったら、どんなに喜んだか……」

「妻が残してくれた、末の娘、粗末に扱いましたら反乱して王家を滅ぼしてさしあげますぞ」

仲がいいのはわかりますがね、そういう話は冗談でもやめてもらえませんかね公爵殿。僕、セレアを婚約破棄しちゃうかもしれないんですからね？　僕の浮気で国が亡ぶとかいくらなんでも理不尽です。

「物騒なことを言うなハースト。それはシンに言え。余に言われても困るわ」

さらっと僕に責任を押しつけないでください父上。

「かたくるしい話はこれぐらいにして、みんなで茶にしよう。サロンへ、いや、庭がいいな」

「その前に父上」

「ん？」

僕の言葉に、みんな、立ち止まります。

「国王陛下に申し上げたいことがございます」

「申せ」

さあ、これは言っておかないと。今後のための布石です。

「僕たちはまだ十歳です、王子、王子妃としての自覚、覚悟ともにまだ浅く、いまだ十分とは言えません」

「うむ」

「なので、僕たちがいつ結婚するのかは、僕たち二人で決めさせていただきたいのです。二人でよく相談し、その時が来たら、結婚しようと思います」

「……当然だ。われら王家、公爵家とも、婚約をしているという事実だけですでに十分目的は果たしておる。急がせる理由はない。慣例に従って、そなたらが結婚の時期を自分たちで決めることは当然の権利である。任すぞ」

「ありがとうございます」

よしっ！　言質は取ったぞ！

「ふふ、しかしな、余も、公爵殿も人の親。人並みに孫の顔は見たいものだ。あまり待たせるでないぞ？」

「もちろんです」

「人の命ははかないもの。余の命、公爵殿の命、いつまでもあるものではない。それは今日、明日にでも失われるかもしれないもの。言うまでもなく、この時より、王位につくという覚悟、民と共にあれという責任を常に忘れるな」

「はい」

「セレア嬢、王子妃というものは、王子同様、次代の王妃たる覚悟と責任を伴う。まだ幼きそなたにその責を負わせる余を許せ。シンと共にあり、シンを支え、シンに間違いあればこれを諫《いさ》め、シンの力になってくれることを心より希望する」

「……もったいないお言葉にございます。謹んでお受けいたします」

ちょっとだけ、場が緊張しましたが、みんなで笑って、庭園に移動しました。

屋外のテーブルでなごやかにお茶になりましたが、セレアにはまだまだ敷居が高かったようです。あとで話を聞いてみると、「生きた心地がしなかった」とのこと。うん、別にみんなで食べたりしないからね。みんな普段から退屈しているだけだから。

午後、母上と姉上と共に昼食会。それから、王妃教育を受ける教室と先生との面会、あとおけいこ場にもなるダンスホール、いろいろメイド長に案内してもらいました。それにセレアに与えられる個室も。

「私がお嫁に行ったら、もう使うことはないから、この部屋自由に使って。全部セレアちゃんにあげるわ！」

姉上のお部屋です。なんでもそろっていますからね。

「えーえーえー！　私がもらおうと思ってたのにい！」

上の妹が不満を言いますが、「あなたたちにとってもお姉ちゃんなのよ。がまんなさい」と言って姉上がたしなめます。妹たちには妹たちの部屋もあるし専属メイドもいるんだから、そんなわがままは許しませんて。

セレアが登城した時は、この部屋で休んだり、準備に着替えたり、場合によっては泊まったりすることになりますか。僕の部屋のとなりですね。

「これからずっとここに通うことになるからね」

「はい、ありがとうございます」

恐れ多いという感じで、セレアがびくびく頭を下げます。お城に来てからずーっと頭を下げっぱなしですからね。いいかげん疲れたかもしれません。また僕と、筆頭執事と、二人で並んで、正面ホールからお見送りです。公爵殿と二人、馬車で帰っていきました。初めての拝謁が無事に済んで、僕もほっとします。

「殿下」

筆頭執事が僕に笑いかけます。

「お手柄ですな」

「選んだのは僕じゃないよ。父上と公爵殿の間で決めたことだし、僕の手柄じゃないよ」

「いえいえ、そういう意味ではなく……」

そんなもったいぶった思わせぶり言われても、子供の僕にはわかんないよ。もっとわかりやすく説明してよ……。

☆彡

一週間後、いよいよ、姉上のお輿入れの日がやってきました。王宮総出でお見送りいたします。

セレアも、僕の婚約者として列席します。二回目の公務ですね。

昨日のお別れパーティー、多くの関係者が来てくれて盛況でした。姉上の人脈のすごさを実感しましたね。パーティーの主役は姉上だったので、僕らはすみっこでおとなしく目立たないようにしていて、すぐ寝ちゃいましたけど。

一夜明けて、朝からハルファ国に向かう馬車隊が正面ホールに並びます。

「セレアちゃん、シンのこと、よろしくね。なにかやったら、ぶん殴っていいからね」

余計なこと教えないでください姉上。姉上がセレアを抱きしめてはらはらと涙します。

そして、家族の一人一人と。それから、僕にも。

「シン、セレアちゃんを守るのよ。どんなことがあっても悲しませないで。約束して」

「もちろんです。約束します。姉上もお元気で」

「じゃあ、行ってくる!」

しずしずと、おごそかに馬車隊が進んでいきます。それを僕らはずっと、見えなくなるまで、見送りました。

もう姉上はいない。王家子息としては、今日から僕がこの王城のトップです。姉上がやっていた公務を、今後は僕が執り行うことになります。僕に姉上の代わりが務まるでしょうか。いや、務めなければなりません。

セレアを見ます。僕と同じ責を負わせることになるこの少女を、僕はこれから一人で守っていかなければなりません。いまさらのように大きな責任を実感します。

「たった一週間だけだったけど、私のお姉さまになってくださったサラン様。私、一生忘れません」

姉上、お幸せに。

あとのこと、任せてくれって言うのはまだまだ生意気だと思いますが、僕、がんばりますから。

☆彡

僕の日課は、午前中はお勉強。午後は乗馬、運動などをして過ごします。

三時にはお茶の時間が取れ、毎日のように王宮に通っているセレアと一休みです。

「お妃教育は大変？」

「いいえ。私は幼いころから入院ばかりで、学校にぜんぜん通えていませんでしたので、うれしいぐらいです」

「難しいんじゃないかと」

「そんなことないですよ。やっていることは要するに礼儀作法にエチケット。人間として当たり前のことですし、科学や数学も、前の世界から比べたらずっと簡単です」

「うわあ、それもショックだなあ……」

セレアが十歳までいた異世界って、僕らがいるこの世界よりずっと発達して、科学技術や学問がすごくて、僕の想像を超えていますね。全然学校に通えてなかったはずのセレアでも、僕より計算早いですもん。話を聞けば聞くほど、セレアのいた世界は本当にあったんだと思います。だってこの世界で学者さんでも議論しているようなことを、セレアはとっくに知っていたりします。地球は太陽の周りをまわっているとか、月は地球の周りをまわっているとかね。

「でも歴史とか面倒じゃない？」

「ゲームの裏設定見ているようで、楽しいですよ。こんな設定あったんだって！」

「あははは……そうですか」

「神話、聖書の勉強はちょっと苦手。私たちの世界って、神様ってそんなに厳格なものじゃなかったから」

「あれは僕も苦手だね」

これは僕もセレアも、二人で「うーん」ってうなっちゃいます。

「習わなきゃいけないことって、いっぱいあるんですね……」

「だから王家の婚約者って、そう簡単になれるもんじゃないんだよ。長い時間かけて教育しなきゃいけない。そこは王子と同じ。昨日今日、恋人になった相手なんて婚約者にできないもんなんだよ」

セレアは僕が学園でお知り合いになった平民のお嬢さんを、何年かお付き合いしただけで好きになって、セレアを捨ててそっちのほうを婚約者にしたがるようになるって思っています。でもこうやって一緒に勉強していれば、そんなことあるわけないって、わかってくれるようになるんじゃないかって思いますね。

「僕ねえ、思うんだ。この世界はセレアの言うゲームの中の世界じゃなくってね、僕のいる世界が、セレアの世界ではゲームになっているんだって。ほら、外国の実話が本になって僕らが読めるみたいにね。神様が魔法かなんかの力で、この世界にそっくりなゲームを、セレアの世界で作らせたんじゃないかって」

「そうかもしれませんね……」

「ね！　そう思うよね！」

「……」

やっぱり無理かなあ。僕自分で言っていても、納得できる話じゃないですもんね。セレアにしてみれば、そんなんで安心できるかって思いますよね。

ゲームとは違うできごとがいっぱい起きれば、セレアも、この世界はゲームとは違うんだって思えるのかもしれません。でも、それは学園に入学して、ゲームがはじまる十五歳にならないと起きないことです。

「お菓子ですよー！」

メイドさんが、お皿に乗せてお菓子を持ってきてくれました。

「えっなにこれ？」

薄いパリパリした焼き菓子です。食べるとしょっぱい。でもとってもおいしい。

「ジャガイモを薄切りにして油で揚げて、塩を振ったんです。最近街で流行《はや》っているんです。なかなかパリパリにならなくて、シェフが苦労してやっと納得できる物ができたって言っていました」

「うわー！」

セレアが喜んで食べています。

「ポテトチップですよねこれ。私大好きでした」

こんな料理方法があるんですね。

「よく知っていましたねセレア様。食べたことあるんですか？」

メイドさんがびっくりしてます。

「油で揚げるなんて、油をいっぱい使うんじゃない？」

「そうですね。贅沢な料理ですよ」

メイドさんがそう言うとセレアがびっくりしています。メイドさんが下がると、こっそりと、「私の世界ではこれ、子供のおやつでした。大人もみんな大好きで」って教えてくれます。

異世界にもあったんだ……。

「油って、ちょっとしか取れないからね。貴重品だよ。馬車いっぱいのなたね、ごまやオリーブを絞って、瓶に何本かってぐらいだから」

「……ごめんなさい。知りませんでした」

セレアのいた世界って、やっぱりとんでもなく発達していて、豊かで、物が豊富にあったんだって思います。僕らと感覚違いますね……。

「今は僕とセレアは、別々に勉強しているけど、来週から一緒にできる勉強をひとつ、増やそうと思うんだ。今先生に頼んでる」

「？」

「ダンス」

「……」

セレア、赤くなっちゃいます。僕もちょっとてれちゃいます。

「作戦なんだ。あのね、ヒロインが僕らの仲をこわそうと狙ってるのを用心するだけじゃなくて、僕たちが仲がいい、かけがえのないパートナーだって、アピールもしなくっちゃ」

うんって彼女がうなずきます。

「一番いいのはダンス。僕たちが二人で、誰にもマネできないぐらい素敵なダンスを踊れるようになれば、きっとみんな僕らのこと、認めてくれる。僕とセレアが、いちばんおにあいのカップルなんだって、みんな思う」

「……なんか、はずかしい……」

セレアが顔を手のひらで覆ってしまいます。ほおが赤いですね。

「う、うん。実は僕もなんだけど……」

でもダンスは社交界の必須科目です。ダンスの一つもできないで誰が貴族と認めてくれますかっての。恥ずかしがっていちゃダメですね。

「もうヒロインが、僕らのダンスを見ただけで、あーこりゃダメだ。あの二人を別れさせるのは無理だってあきらめちゃうぐらい、踊れるようになりたい」

「はい」

「協力して。いや、そうじゃなくて、いっしょにがんばろう」

「ありがとうございます」

その前に、いちばんの課題は、まず、僕たちが本当になかよくならなきゃってことです。

「今度の休みにデートしようよ」

「で、デート？　デートって、貴族のデートってなにするんです？」

「要するにいっしょにおでかけ」

恋人同士はデートする。それぐらい僕だって知ってます。ただ、問題は僕が王子で、セレアが公爵令嬢ってことです。外出するにもいろいろめんどうがあります。てなわけで、国王陛下に許可をもらってですね、コレット公爵家にも許可をもらいいと、あちこちに手紙出したり許可の返事を待ったりと、大変なんです。

現在セレアが住むコレット公爵別邸は市内にあります。いつもは領地に住んでいらっしゃるコレット公爵ですが、僕らの婚約、姉上の輿入れなどでこの別邸に滞在していらっしゃいました。その公爵様も領地に戻られ、今はこの別邸は公爵家の長男、つまりセレアのお兄さんが屋敷の当主をしています。

その別邸へ、セレアを迎えに行きます。この屋敷からセレアは毎日のように登城し、お妃教育を受けているわけですが、今日は週に一度のお休みです。そこで、僕ら二人で、外出することになりました。

「今日はよろしくお願いします！　ベルさん！」

「よろしくお願いいたしますわシュリーガン様」

……もちろん、護衛として、あの怖い顔のシュリーガンも同行するわけでして。セレアの従者として、セレア付きメイドのベルさんも、一緒についてくるわけでして……。

「で、どうするんですかい弟」

「もうちょっとマシな呼び方ない？」

「王子さんや殿下じゃちょっとね。シン様ってのもアレだし、弟ってことで」

「……もうそれでいいよ」

四人とも、平民風の服に着替えています。セレアは長い髪もまとめてアップにして帽子もかぶっています。平民の子供は、セレアみたいに髪を長くしたりなんてしないんです。きれいに手入れなんてしていられませんから。

僕も帽子をかぶっています。護衛とお付きの二人もですね。帽子をかぶるのは平民の普通の風習です。

「私はどのようにお呼びしましょう」

ベルさんもセレアに聞いています。

「……考えてなかった。ベル、お姉さんって呼んでいい？」

「お嬢様……、嬉しゅうございます。ぜひそれで」

「ベルは私のことなんて呼びたい？」

「せれあちゃん」

「……それでいい」

かわいいですね。

「じゃあベルさんは僕のこと、なんて呼びます？」

「しんちゃんって呼びたいですわ」

「もう好きにして」

四人で屋敷から歩いて市内に入ります。

「私、王都の街、歩くの初めてです！」

「えっそうなの？」

「はい、婚約するまで、父の領地にいましたし、王都に来るときは馬車から街を見るぐらいで、別邸にいる間は外出できませんでしたし」

そうだよね。僕だって姉上が学園に通うようになってから、街を引っ張りまわされるようになりまして、それまで一人でお出かけとか経験ありませんでした。

「じゃ、まず教会に行くよ、兄ちゃん」

「へいへい」

外出するにも口実が必要です。今回は、日曜日の教会のミサに出席するってのが名分になります。

午前中にやっていますので、さっさと済ませちゃいましょう。

街中に屋台が並び、いろんな食べ物が売られています。

「すごーい、お祭りみたい」

セレアが大喜びですね。目をキラキラさせてかわいいです。

「なにか食べていく？」

「うーん、立って食べるのはお行儀が悪いって怒られるし……」

「今日は僕らは平民なんだ。気にすることないよ」

いろいろ見て、串焼き肉にしました。たれがついていておいしそうです。

「はい」

ベルさんが四本買ってきてくれて、一本をセレアに渡します。

「おいしい！」

一口かじって、喜んでいますね！

「ベルさん、こっちに」

シュリーガンがベルさんから串焼きを一本受け取って、かじりつきます。

「うーん、うまい、さ、どうぞ弟」

「半分食っちゃってるじゃないか――――！」

「しょうがないでしょ。王子の口にするもの、毒見を忘れるべからずっす」

「……」

「し、シン様……」

「ん？」

「……私の食べて」

セレアが一口かじった串焼き肉を、僕にくれます。

「セレア……」

「シン様の毒見は私がします。それでいいでしょ？」

きっとした顔をしてセレアがシュリーガンをにらみます。

「ありがとうセレア」

「ひゅーひゅー、憎いっすね弟。肉だけに」

僕なんだかシュリーガンぶん殴りたくなってきたよ。

セレアから串焼き肉を受け取って、食べました。おいしいです。シュリーガンの食いかけ肉はシュリーガンに返し、セレアはもう一本をベルさんから受け取って食べてます。

残りの一本はもちろんベルさんが食べました。


九時になって、教会の鐘が鳴ります。そろそろミサが始まる時間です。

「急がなきゃ！」

セレアの手を引っ張って、教会まで走ります。

「弟————！　離れちゃダメっすよ！」

もう列ができていましたね。みんなと一緒に並びます。シュリーガンとベルさんは僕らからちょっと離れて後ろにいます。ニコニコと怖い顔で話しかけるシュリーガンにベルさんが真顔で対応しております。お前がデート気分かよ！　仕事忘れんなよ！

「ダブルデートですね」

セレアが謎の言葉を言います。

「なにそれ」

「カップルが二組、一緒にデートして街で遊ぶんです。ゲームのイベントにもありました。ライバルキャラや攻略キャラの前でイチャイチャしなきゃいけないから、かならず誰かの好感度が下がるので、胃が痛いイベントでしたけど」

設定が細かいなあそのゲーム……。

教会を見上げます。百人ぐらいが入れるでしょうか。小さいです。

「私たちの領地にある教会もこれぐらいの大きさですよ」

「こっちは市内の教会だからね。僕らが結婚式をあげるのは城の敷地内にある大聖堂になるかな」

「なんだか大げさで怖いですねそれ……。私は結婚式挙げるならこんな普通の教会であげたいな。領内で結婚式があると、家族や友達が集まって、お祝いしていました。あんなふうにやるほうが幸せそうに見えて、うらやましかったです」

「そうだね……。それもいいな」

入り口でみんなを出迎えていた神父様が僕らの顔を見てびっくりします。僕は口の前に指を一本立てて、しっとジェスチャーします。わかった、というふうに目配せして、神父様が他の信者のみなさんと同じように礼をして、通してくれました。

シスターがオルガンを弾いて、みんなで讃美歌を歌います。そして、聖書の一文から女神ラナテス様の教えを説いてくれます。お話が上手な神父様で、難しい言葉を使わずに、平民向けに易しい説法になりました。

シュリーガン、寝るのやめようよ。

セレアに銀貨を一枚渡し、二人でお布施を払ってから教会を出ました。

「すてきな教会でしたね」

「女の子ってどうしてみんな教会好きなのかなあ。僕は神父様にアレをしたらダメだコレをしたらダメだって、文句ばっかり言われているみたいであんまり好きじゃなくて。別に神様信じてないわけじゃないし、おっしゃることはもっともだと思うけど」

「だってステンドグラスもキラキラしていてきれいですし、神秘的ですし」

女神教会なせいですかね。なんか造りが女の子っぽいんだよなあ教会って。男の僕から見たら違和感ありますね。なんていうかこう、「お花畑」で……。


「さーてこれでお役目は終わったわけで、次はどこにいきますかね？」

お前すごいなシュリーガン。ずっと寝てたくせによくそんなこと言えるな。

「お芝居が観たいかな。どう？　セレア」

「はい、賛成です！」

そういうことはさっぱりなシュリーガンがベルさんを見ますね。

「今なんかやってますかねベルさん」

「グローブ座で『ハムレッツ』やっていますね。人気ですよ」

「じゃ、それいきますかい！」

最悪です。ドロドロです。なんですかこのお話。

暗殺された父王のかたきを王子ハムレッツが「討とうか討たないか」を悩みまくるってお話です。

王様を殺した暗殺犯はハムレッツの叔父で、王様の亡霊が我が子ハムレッツにかたきを討てって化けて出て言うんですけど、ハムレッツの母、つまり父王の妻が新王となった叔父と再婚してしまっているんで、かたきが討てなくなるんですよね。

最悪中の最悪なのが、王子が、気がふれたふりをして恋人のオフィーリスに「尼寺へ行け！」と一方的に別れを突きつけるシーンですね。あとで王子に自分の父をも殺され、オフィーリスは気がふれて、川に落ちて溺死してしまいます。

結局王子も、オフィーリスの兄と決闘する羽目になり、最後は父王の暗殺犯である現王の叔父も、王妃である母も、ハムレッツも、全員死んでしまいます。

どういう話ですか。バッドエンドもいいとこです。救いが一つもありません。なんでこんなお芝居が人気なんですか。劇中の「生きるべきか、死ぬべきか」ってセリフ、市内では流行語にもなってるみたいです。こんな劇、上演禁止にすべきかもしれません。王家としてはそれをやったらダメなんでしょうけどね……。器が小さい王として、市民にバカにされてしまいますから。

まずいです、これ。セレアがやっていたゲームのバッドエンドと似ています。

婚約者の王子に断罪され追放され、最後は死んでしまう悪役令嬢そのまんまです。恋人であるオフィーリスにはなに一つ非がないところがなおさらひどいです。なんでこの劇選んだベルさん。

「で、最後どうなったんス？」

「みんな死んだよ……」

また寝てたのかシュリーガン、お前なにしに来てんだよ。

セレア、真っ青です。ひとっことも口をきいてくれません。

「申し訳ありませんでしたお嬢様。もうすこしマシな劇かと思っていました……」

ベルさんが謝りますけど、仕方がないかもしれません。レストランで食事しても、雑貨店で買い物しても、心ここにあらずって感じです。これはなんとか、ばんかいしないといけませんね。

「ここに入るよシュリーガン！」

「へ？」

宝石店です。僕がセレアの手を引っ張って入り、続いて、ベルさんと、シュリーガンが入店します。シュリーガンが入ると、店内の空気がさっと凍りましたね。まるで宝石強盗犯が入ってきたみたいな緊張感がただよいます。顔が怖いといろいろ不便ですねえ。

きらきらした宝飾品がたくさん並ぶお店の中で、ショーケースを見て回ります。僕はその中から、一つのコーナーに向かいます。いいですね、これにしましょうか。

「このペアリング見せてください」

店員さんが笑いますね。

「坊ちゃん、これ、結婚指輪ですよ？　彼女にプレゼントするにゃあちょっと早くないですかね」

まだ十歳の僕たちを見て大げさに眉毛をへの字にしますね。

「いいんです。僕たち婚約してますから」

「ませてますなあ近頃の子供は……貴族や王子様じゃああるまいし。そんな客はこんな安っぽい店、来やしませんがね。いえ、お客様となれば話は別です。そちらの方はこの子らの保護者で？」

「はい、まあ」

「そうです」

シュリーガンとベルさんが返事します。

「ちと気が早すぎやしませんかね。こっちは商売ですから、もちろん買っていただければありがたいですが、この子らみたいなちっちゃいサイズのはありませんよ」

「かまいません」

僕がそう言うと、それでも店員さんが、金のペアリングを出してくれます。

大きいほうを僕がはめてみますが、ぶかぶかです。

「セレア、左手出して」

おずおずと差し出されたセレアの指に、ちいさいほうのリングをはめてみますが、やっぱりぶかぶかです。

「これ、チェーン通してペンダントにしてください」

「いいけど、金貨二枚ですよ」

「どうぞ」

僕はポケットから金貨を出して、カウンターに乗せます。

「……いやびっくり。よく貯金したねえ坊ちゃん！　そういうことならお兄さん、ちゃんと仕事するよ。待ってな」

そう言って、適当な銀のチェーンにリングを通してくれました。

「受け取って」

リングを通したネックレスを、セレアの首にかけてあげます。僕も、リングを自分で首につけます。

セレア、ぽろぽろ涙を流して、僕に抱き着いてくれました。店にいた店員さん、お客さんたちまでもが、歓声を上げて拍手してます。なんかはずかしいです。

☆彡

「シン、昨日はセレア嬢と外出したんだったな」

「はい。大変に有意義でした」

その日の朝、父上の執務室に呼び出されました。大きな机を前にして座ったまま、面白そうに笑います。もちろん父上は全部報告を聞いているはずですので、それを前提に話すことになりますけどね。

「『ハムレッツ』を観たと」

「はい」

「今、貴族どもの一部で、『王家に対する侮辱である』『非常に挑戦的で不敬極まる』『直ちに上演禁止にすべき』と声が上がっておる」

「そう思う人もいるでしょうねえ……」

「どう見た？」

意地悪そうににやにやと笑いますね。僕がどう答えるかで、次期国王としての教えを説いているといっていいでしょう。こういうやりとりしょっちゅうあります。変な答えをすると、「それは王たるものの行いではない」とさとされます。父上との真剣勝負ですよ。僕もこのときは、大人として発言しなければなりません。

「皮肉がきいていて大変に巧妙です」

「巧妙とな？」

「教会の教えにちゃんと従っていると思いましたね。神の教えで自殺を禁じられているため主人公は死を選べなかったり、殺人を犯した王に罪をざんげさせたり、神の前では国王といえどもその罪からは逃れられないというのがテーマになりますか。罪を犯した登場人物はみんな死んでしまいます。巻きぞえになった人には悲劇ですね」

「前作で教会の堕落をコキおろした喜劇をやって潰されそうになっておったからな。お灸《きゅう》をすえられて今度は逆に教会のご機嫌とりか。シェイクスピオも手のひら返しが早いものよ」

「前王を殺した殺人犯は、王殺しの場面を劇中劇で見せられて怒ります。後ろ暗いことがあるからです。陛下がこの劇を上演禁止にしたりすると、この劇を見たものは陛下自身に、なにかやましいことがあるからだと思うでしょう。そういうふうにできているってことですね」

「シェイクスピオめ、やりおるわ……」

父上がくっくっくっと笑います。

「その劇を作らせたのは神の威光を高めようとする教会、もしくは上演禁止にさせて国王の器の小ささを世に知らしめ、余の権威を落とそうとする反ミッドランド派の貴族たちのものかな？」

「そこまでは申しません。劇作家のいたずらでしょう。劇作家で、役者のおおげさな演技に主人公が注文をつける場面なんてのもありまして、劇作家の不満を役者自身に語らせるっていういじわるい演出も入っていました。性格悪いですね脚本家」

「どこまでやっても大丈夫か、その線引きを測っておるというわけか。王が怒れば器を問われる。無視すればコケにされても黙っていると、シェイクスピオを調子に乗らせることになる。お前ならどうする？」

うーん。

「はっきり言って芝居としてはストーリーがむじゅんだらけでつまらなかったです。登場人物がみんな頭が悪すぎて、最悪な選択ばかりするので話にならないですね。僕だったら、貴賓席で見に行って、途中で居眠りしますよ。あとで『退屈だったな』とでも言っておけば、王の器を試そうとした不遜な劇作家に十分な意趣返しになるでしょう。眠るというのも一つの意見ではないかと」

陛下がぱんぱんぱんときげんよく拍手します。

「見事だ。そうしよう」

「ありがとうございます」

「お前の成長、嬉しく思うぞ。下がってよい」

「失礼します」

父上が僕に意見を求めるときは、とっくにどうするか決まっているんです。その上で聞いてくるんですよね。今回もちゃんと正解を答えられたんだと思ってほっとします。

これも一つの帝王学ってやつですかねえ……。

午後から新しく加わったおけいこが始まります。

「二人は王子様と公爵令嬢よね。でもここではあたしが先生よ。二人とも先生って呼んでね！」

「はい!!」

さあ、いよいよ宮廷のボールルームでダンスのレッスン開始です。先生の前に、二人、並びます。

「シンちゃんセレアちゃん、二人とも、もうダンスのレッスン、基礎ぐらいはできてるわよね？　一応恥はかかない程度にね」

「そうですね。あんまり真面目にやっていませんでしたけど」

「ダメよおそれじゃあ。お二人とも国を代表する紳士、淑女なんだから、みんなのお手本にならなくっちゃ。なに、お世辞や礼儀作法で多少失敗したって、ダンスで全部取り返せるわ。社交界なんてそんなもんよ。ダンスは武器になるわ。ちゃんとできるようになりましょうね」

「はい！」

「うん、いいお返事。ダンスが上手いとモテモテよ。シンちゃんの前に淑女《レディ》の列ができて、セレアちゃんは求婚の申し込みが殺到するわよ。カッコよく踊れるようになりましょうね！」

「……そんなんいいです。僕らもう婚約していますから」

「あらあらあら、そうだったわね。失礼しちゃったわ」

先生、面白い人ですね。わかってて言うんですから。僕ら子供だから、笑わせに来てるんでしょうけど。ようするに硬くなるなってことです。やさしい先生ですね。

「じゃあ、二人、組んでみて」

左手を上げ、彼女の手を取り……。

「はい、ダメー。シンちゃん、お人柄が出てますけどね、迎えに行っちゃダメ。殿方は立って動かない。迎え入れるの。はい、もう一度」

左手を上げ、歩み寄る彼女の手を握り、その体を……。

体を……。うわっ。セレアとこんなにぴったりくっついたことないです。初めてです。

いや、宝石店で一度抱き着かれたかな。でもあれは別、別！　いつも姉上や妹たちと練習していた時と全然違います。僕の婚約者がこんなそばに、半身だけどぴったりとくっついて、その、体が勝手に遠慮しちゃいます。彼女も真っ赤になって恥ずかしそうです。

「はい、ダメー。そんなにガチガチになってやるダンスなんてないわよ。あなたたちねえ、ダンスをなんだと思ってるの？」

「お、おけいこ……」

「違うわ。そんなのダンスじゃない。周りまで緊張して手に汗握るようなダンス踊ってどうするの。ダンスってのは楽しみのためにやるのよ。楽しく踊って、周りのみんなにも楽しんでもらって、パートナーを楽しませて、なによりあなたが楽しまなくっちゃ。ほら、笑顔、笑顔！」

ううう、え、笑顔、笑顔。

だ――――！　将来結婚するっていう、僕のお嫁さんと、こんなにぴったりくっついてなんて、どうしても意識しちゃいます！

「やったことあるステップでいいから、まず一周。はい、ワン、ツー、スリー、フォー。ワン、ツー、スリー、フォー！」

ぱん、ぱん、ぱん、ぱん。先生の手拍子に合わせて、ぎこちなくバラバラな感じですけど、とりあえず基本のステップですね。

スロー、スロー、クイック、クイック、ホールの角まで来て、チェック、バックでターン。

おっとっと、二人でぐらっとします。

「二人とも姿勢が悪いわ。もっと背筋伸ばして、おなか引っ込めて！　体の重心が軸にないからターンの時にぐらつくのよ。さ、もう一回！」

カッコわるいけどなんとか一周できました。

「はい、よくできました。シンちゃん、殿方《リーダー》の役割ってなにかしら？」

「え、リード？　彼女を支えて、周りによく目を配ってとか」

「違うわ。殿方の役目は引き立て役。淑女《パートナー》を美しく、魅力的に演出するための黒子なの。自分が目立とうとしたり、自分が主導権持ってるみたいに踊る王様ダンスなんてやってたらモテないわよ？」

いやだからモテなくてもいいんですけど。なんでもそこ基準ですか。

「彼女を笑顔にして、彼女を楽しませて、素敵な時間にしてあげることが殿方の役目なの。会場の目がパートナーに集まって、視線を独り占めにするぐらい彼女を美しく見せることができたら、あなたは一流の紳士よ。そこ忘れないようにね！」

そうでした。僕たちがダンスをするのは、セレアが僕のかけがえのないパートナーだってことをアピールするためでした。

僕もセレアも、社交上、いろんな人と踊ることになります。でも僕と踊ってる時のセレアが一番楽しそうで、一番美しい。それができるようにならないといけません。

「セレアちゃん、上手にやろうとして硬くなりすぎてるわ。ダンスはステップじゃない。テクニックの問題なんて些細《ささい》なこと。音楽に身を任せて楽しく踊るの。あなたが殿方と踊れてうれしいわって顔してないと、相手の男性が恥をかくのよ。まずはそのことを忘れないで。これはお稽古だってこと、今は忘れていいわ。楽しく踊りましょ！」

「はい」

「シンちゃんのリードを感じて、シンちゃんのリードを信じて、身を預けるの。今すぐできなくてもいい。でも、シンちゃんと一緒に踊れる喜びを、今は満喫してみて。照れるのも恥ずかしがるのもあとでいいわ。恋が芽生えるのはダンスのあとってのがお約束なんだから。さ、もう一度やってみるわよ」

ぱん、ぱん、ぱん、ぱん、ぱん。

ワン、ツー、スリー、フォー。ワン、ツー、スリー、フォー。

スロー、スロー、クイック、クイック、クイック。

できるようになるとうれしいですね！　楽しいです！

ホールを一周して、二人で、「できたー！」って顔になっちゃいます。そんな感じで、二時間、みっちり二人でダンス練習しました。

「大丈夫だった二人とも。疲れたかしら？」

二人とも、頭から汗ダラダラ、シャツもべしょべしょ。二人でお互いの体温、鼓動、息づかいまで感じて、汗のにおいまで嗅ぎまくりです。なにより手汗がすごくって、僕のだか、セレアのだかもうわかんないぐらい、握る手がぐちょぐちょです。これが一番恥ずかしい！　二人でタオルを引っ張り合って手を拭きまくりですね！

「これをパーティーのダンスタイムの間、ずーっとやるのよ？　特にあなたたちはパーティーの主役をやることになるんだから、汗一つかかず、次から次へとダンスの申し込みをしてくる紳士淑女を相手に踊りきらなきゃいけないの。壁の花でいることは許されないわ。踊ったあと、手をハンカチで拭いているところなんか見られたら、ダンスパートナーに思いっきり恥をかかせることになるんだから注意するのよ。体力も必要ね」

「よーくわかりました……」

「普段から背筋を伸ばして、ピンと姿勢よく歩くことを心がけなさい。自分の一挙一動が、全て美しく、優雅に見えるように意識なさい。時間があったらランニングもしてほしいわ。それからシンちゃん、あんたエロいことばっかり考えてちゃダメよ！」

「え、え、え、エロスなことなんか僕はそんな……」

「はい、セレアちゃんと抱き合って」

「だ、抱き合う？」

「チーク。首に手を回して、体をピタッとくっつけて、さあ、やんなさい！」

「はいっ！」

まだ甘い汗の香りがするセレアを抱き寄せて、しっとりと湿った体を抱きしめます。あ、胸元、ちょっと硬いものが。僕がプレゼントしたリングでしょうか。肌身離さずつけてくれてるんだ……。

なんかうれしいですね。でもそのせいで急にセレアのこと、ダンスのパートナーから、婚約者ってことに意識が変わっちゃいます。セレアの肩に顎を乗せて、胸からお腹、腰まで薄いウエアを通して彼女の熱っぽい体温と、やわらかなお肉の感触と、ほおに熱い息が伝わってきて……。

まずっ！

たっちゃいました。腰が引けます。

「はい、今日は終了――。一人でもステップ練習を欠かさないでね。セレアちゃん、あなた、愛されてて幸せね。うらやましいわ。じゃ、また明日」

ウインクする先生、ありがとうございます。大惨事一歩手前でちゃんと解放してくれて。

控えの間でタライで水をかぶって汗を流し、体を拭いて着替えます。僕のほうが早く終わったので、待ってると、女性用の控えの間からセレアが出てきました。

「しんっけんにやると、やっぱり疲れちゃうねー」

「ですねー、でも楽しかった」

二人で壁に寄りかかって、足を伸ばして座ります。

「……私、病弱でずーっと運動できなかった記憶があるんです。こんなに運動したら五分で倒れちゃうぐらい」

「そうなんだ……」

「だから、今こうやって元気な体で、走ったり飛んだり跳ねたりできるの、すっごくうれしい。前はダンスの練習なんてイヤイヤやってたのに、ヘンですね」

「僕も。僕なんかさあ、練習で姉上とか妹とかに足を踏まれたり蹴られたり、転んだら怒られたりとか、イヤな思いしかしたことないよ。ダンスが楽しいなんて思ったの、今日が初めてかも」

「ふふ」

「あはははは！」

二人、笑います。

「それにしても先生、面白かったね！」

「うん、私、何度も笑っちゃいそうになりました！」

先生、男なんですよね。

すらっとしてカッコよくていい男なんですけど、くねくねしてて、お姉さん言葉で、動きがなんか怪しくて、すっごくヘンでした。

でも、楽しかったなあ！

2章 僕のお嫁さん

今日もお妃《きさき》教育に登城したセレアと一緒に、庭のテーブルで昼食です。

二人とも忙しくって、一緒にいる時間あんまりなくって、お茶の時間とかダンスのレッスンとかぐらいですかね。なので、昼食ぐらいはってことで二人でいっしょに食べる時間作ってもらいました。

「おいしい！」

シェフの新しい料理に二人で喜んで食べます。鶏肉《とりにく》を油で揚げた料理ですね。

「これも贅沢《ぜいたく》な料理だなあ……。丸ごと油で調理するなんて」

そう言うとメイドさんが教えてくれます。

「フライドチキンっていうんですよ。今城下で流行《はや》ってましって」

「城下で？」

「はい」

「……」

セレアが考え込みます。ん？　なんかあった？

「ポットを持ってきます」

メイドさんがお茶のお湯を取りに行っちゃいました。二人きりです。

「……おかしいです」

「なにが？」

「前のポテトチップもそうでしたが、これ、私が前の世界で食べてたものとそっくりなんです」

「そうなんだ」

「いくらなんでもおかしいです。前世の記憶を持ったヒロインがこの世界にもういて、前世の知識でこれを作って広めているのかもしれません」

「……そうかもね」

僕らの国では、肉や野菜を油で揚げる料理ってのはありません。穀物を絞って取る油が貴重だからです。ご家庭で気軽に試せる料理方法じゃありませんね。

「レストランとかのお嬢さんにヒロインが生まれ変わっているんでしょうか？」

「あるいは油を扱う商人とか」

調べてみる必要があるかもしれません。

「こんど城外にデートするとき、いろいろ調べてみようか」

「かかわらないほうがいいのかもしれませんし、バッタリヒロインに会っちゃったりしたら、どうなっちゃうか予想がつきません……」

「会わないように、こっそり見に行くとか」

「シン様、けっこう好奇心おうせいなんですね」

「情報はなんでも多いほうがいいし、対策も立てやすいってば」

「私はちょっと怖いかな」

「だいじょうぶ。僕もいっしょなんだから」

午後からダンス練習です！

「ににんがしっ、にさんがろくっ！　にしがはちっ」

「ににんがしっ、にさんがろくっ！　にしがはちっ」

「ちょっとちょっと、あなたたち、なにそのかけ声⁉」

先生がびっくりしてパンパン叩《たた》く手を止めますね。

「九九《くく》なんです」

「くく？」

二人で勉強の進みぐあいを見たときに、セレアが計算が早くて筆算ですらすら解いちゃうのにびっくりしました。どうやってるんだと聞くと、九九っていうのがあって、セレアは一から九まで、かけ算をぜんぶ丸暗記しているんだそうです！　そりゃあ計算早いわ！　僕らだと算盤《そろばん》使ったりしてますからね！　そんなわけで、僕も教えてもらうことにしたんです。

「んー、算数のお勉強ねえ。あたしはダンスに集中してもらいたいところだけど、あなたたちがそれで楽しくダンスできるっていうんだったらまあいいわ。さ、続けるわよ」

クイッククイック、くるくるくるっ！

「にしちじゅうし！　にはちじゅうろく、にくじゅうはちっ！」

「んもう、あたしまで覚えちゃったわ。計算高い男って言われちゃったらどうすんのよ」

あいかわらず先生、おもしろすぎます。あっはっは！


「フライドチキン、おいしかった。城下で流行ってるんだって？」

厨房《ちゅうぼう》に行って、シェフに話しかけると、うれしそうにしてくれますね。

「ありがとうございます殿下。下町で流行るような料理、王宮にはふさわしくないかもしれませんが、おいしいのは確かでして、ちょっとマネしてみたくなりましてね」

「ポテトチップもね。セレアが喜んでいたよ」

「お嬢様にも喜んでいただけるとは光栄です。なに、ちょっとしたお遊びですよ」

かっぷくのよいシェフ長が笑います。

「油をたくさん使いますからね、毎日召し上がっていただくわけにはいきませんよ？」

「わかってるってば。それ、下町のレストランとかで出してるの？」

「はいそうです。シェフたるもの、味の追究、サボるわけにはいきません。常に新しいものを探さねばと心得ます。味に貴賤《きせん》はありませんからな。最近新しい料理を次々と作り出して評判になっているようで、私も食べてきました。驚きでしたな」

「なんてお店？」

「ハンス料理店です。プラタナス通り三番街」

「ありがと！」

あやしいですね。今までこの世界になくて、セレアが知ってるような料理をつぎつぎと出してくるなんて。これは調べてみる必要があるかもしれません。

☆彡

週末、また二人で城下をデートします。とは言っても、例によってシュリーガンとベルさんのお供付きですけどね。

「お休みなのに、お仕事させてしまって申し訳ありません」

セレアについてきてくれたメイドのベルさんに頭を下げます。

「もったいない。頭をお上げください。私も、しんちゃんとのお出かけ、楽しみにしておりました」

「弟よ、俺にはお言葉はないんですかい？」

何言ってんのシュリーガン、お前一番楽しみにしてたよね。

ベルさんが来るんだったらなんでもいいんだよねシュリーガン……。

「あのさあ、僕、前から聞きたかったんだけど、シュリーガン、なんで僕の護衛に選ばれたの？」

「そりゃあ、俺が安上がりだからっすよ！」

どういう理由ですか。そんな理由で僕の専属護衛になったんですか。人事担当に文句言いに行きたくなりました。

「ほら、賊が三十人現れたとしますよね、そうすっと、近衛騎士団といえども十人以上はいないとヤバいわけです。その点、俺なら一人でも大丈夫っすからね、お手当が安く済むでしょ」

シュリーガンそんなに強いの⁉ 怖いのは顔だけだと思ってましたよ！ なに当たり前のこと聞いてんだって顔ですシュリーガン。いつも無表情のベルさんも目をまんまるにして驚いていますよ。

「王子様に護衛一人って、いくらなんでも手抜きじゃないかって思っていました……」

「騎士団が十人もゾロゾロついて歩いちゃ、お忍びにならんでしょ。しょーがないっす」

すごいなお前。なにその自信。

「行くぜ弟！」

お前その設定大好きだな！ まあいいけどさ！


例によってまた教会で、礼拝します。セレアが教会のこと、よく見たがっていましたのでね、今日は時間を多めに取って、礼拝が終わってから、神父様の案内で教会の中を見学します。

「結婚式も、ここで挙げるんですか？」

セレアが目をキラキラさせて聞きますね。

「はい、市民に広く門戸を開いております。市民のための教会ですからな。身分の差はありませんよ」

「失業者や路上生活者でも？」

「歓迎しておりますよシン様。弱き者を救うのが教会の務めです。定期的に炊き出しもやっております」

「慈善事業か……。もっと手厚くしたほうがいいのでしょうか」

「それだけではダメです。職を与え、働けるようにしてやらなければなりません。人はパンのみにて生きるのではないのです。労働の喜び、仕事を成し遂げる充実感も必要です。手を差し伸べるだけではダメなのです。自ら立ち上がる力もなければ」

難しい問題ですね。姉上の設立した養護院によって、市内の路上生活をするような子供は激減しました。次は大人の路上生活者をなんとかしたいところです。

「学校を充実させないといけないと思います」

セレアがそんなことを言います。

「読み書きができるだけでもつける職がたくさんあると思います。子供たちがみんな学校に通えて、読み書きや計算ができるようになれば、どの職業につくにもぜったいに役に立ちます」

……セレアはずっと入院していて、学校にあまり通えてなかったって記憶があるんですよね。

「義務教育っていうんです。みんな学校に通って、勉強するのが子供の仕事って、法律で決めちゃうんですよ。これは無料で授業料はいらないんです」

街を歩いていると、働いている子供がたくさんいます。売り子だったり、掃除だったり、お届け物だったり。僕らと同じ年頃の子供たちが街を駆け回って働いています。

「そうなるには税金をそういうことに使うことを、国民にも理解してもらわないといけないし、大事業になるなあ……」

「俺はガキのうちから勉強なんてまっぴらごめんですがね」

お前ホントなんで騎士団に入れたの、シュリーガン……。

「こっちこっち！」

地図を見ながら、僕の先導で街を歩きます。

「最近評判のレストランがあるそうなんだ」

「それって、もしかしてハンス料理店っすか？」

「そうそう」

「それだったら俺も何回も行ったことありますよ。いやああれはうまいですな！」

「フライドチキンがおいしいとか」

「はい、行きましょ行きましょ」

セレアがちょっと不安そうですけどね。ま、様子見だけです。

賑《にぎ》わってますね。店の前に行列ができてます。

「うわーこりゃ今日はちと無理かもしれませんな」

「……テイクアウトもやってるそうですから、私が買ってきましょうか」

ベルさんが気を使ってくれました。

「うん、それでお願いします。僕ら店の外で待ってますから」

シュリーガンに並ばせてやりたいところですが、コイツ一応護衛ですから僕から離れることはしませんもんね。僕と、セレアと、シュリーガンで通りのベンチに腰かけてベルさんが戻ってくるのを待ちました。

ほかほかの揚げたてチキンです。おいしそうです。セレアが一袋受け取って、手に持ってちいさく一口かじり、それから僕に渡してくれます。毒見やってくれているんです。かわいいですね。うれしいですよ。

「ありがとう」

さくさくで、じゅーって肉汁が中に閉じ込められてて、やわらかいです！

「おいしいー！」

四人で食べます。

「ぶつ切りで、骨つきなんだね」

お城でシェフが料理してくれたのは、慎重に骨が取り除いてありました。

「これね、小骨も食えるんスよ。かじってみてください」

シュリーガンのいう通り、かぶりつくと、小骨もパリパリしていて食べられます。

すごいなこれ！

「……」

セレアも驚きですね。

「これ、ケンタとそっくり」

「ケンタってなに。例のやつ？」

「はい、小骨も食べられるのはきっと圧力鍋で揚げてるからだと思います」

「あ、あつりょくなべ？」

「キャプテンサンダースって人が考え出して」

「へー」

「いつも白い服着て、フライドチキン持って店の前に立ってました」

「……店長自ら呼び込みとかどんだけヒマなの。もうちょっと他にやることあるでしょ？」

セレアがくすくす笑います。僕なんかヘンなこと言いましたかね？

ポテトをつまんだセレアが、ちょっとかじってから、僕に差し出します。両手がフライドチキンでふさがっていて手がべたべたなので、そのまんま口をあーんして、セレアの手から直接食べました。

「爆発しろやあああああ！」

ちょ、なんなのシュリーガン。

「ベルさん俺も」

「自分で食べてください」

「一口かじって！」

「あなたは毒見いらないでしょ」

いやお前はもういっそ毒盛られて死んじゃえばいいと思うよ。

ポテトは厚く揚げてあります。ポテトチップとはまた違う、パリッとした外側ともちもちした中の食感がおもしろいです。どれもつまんで食べられるのがいいですね。四人で、あっという間に食べ終わっちゃいました。これだけのもの、考え出した人、タダもんじゃありませんね。

「貴重な油をじゃんじゃん使って、贅沢な料理だなぁ……」

「大量に作って売れるから、元が取れるんでしょうね」

冷静な分析ですベルさん。特にこういうふうにお店の外に持ち出して食べられるってアイデアもすごいです。これなら商品の回転も速くなり、店の中の席以上の利益も上がるでしょう。今までの僕らの国にはなかったアイデアです。

「ちょっと、中、のぞいてみようか」

セレアが僕の袖を引っ張って止めようとします。

「のぞくだけ。今の僕らだったらただのおなかすかせた子供だから、誰もヘンに思わないって。セレアもいっしょにきて。二人はここで待ってて」

「弟、右見て、左見てっすよ！」

はいはい、うるさいなぁ。

二人で通りを横切って、店の前に行って窓に取りつき、背伸びして中をうかがいます。お客さんがいっぱい。満席ですね。店員さんが忙しそうに受け付けしています。ウェイトレスさんがいるわけじゃないんです。カウンターでお金を払って、商品を受け取って、空いてる席に座る方式みたいです。セルフサービスですね。珍しいですよこういうのは。

カウンターにいてお客さんの対応している女の子……。

「あの子だ！」

思わず声に出ちゃいました。

あの子！

あの子だ！

僕が七歳の時、猫と一緒にいじめられているところを助けたあの子！

透き通るようなピンクの髪！　キラキラした青い瞳！

白い肌、ふっくらした桜色のきれいな唇。まぶしいような素敵な笑顔！

間違いないです！　僕が七歳の時に出会ったあの子！

カウンターで働く、七歳の時に出会った……。あの時の泣き顔も、あの時の笑い顔も、すべてまるで昨日のことのように鮮やかに思い出しました！

『ぼく、きみのナイトになれたかな？』

うあああああ。

早鐘のように胸が鳴ります。顔が赤くなります。こんなに素敵な、かわいい女の子になっていたなんて。かわいい、かわいい、かわいいかわいいかわいいかわいいかわいぃいいい!!

三年ぶりに逢えた。まるで運命の糸《いと》に引き寄せられるように、あの時の思い出とともに、忘れていた愛しい気持ちが大きく膨らんで……。

吐きそうです。

なぜでしょう。なんでこんな気持ちになるのか。ものすごい罪悪感で気持ち悪くなりました。

セレアを見ます。目を見開いて、真っ青になってます。

がくがく震えています。窓枠につかまった手がぎゅっと握りしめられて白くなってます。

「セ……セレア？」

セレアの目からはらはらと涙が。

「行こう！」

これ以上ここにいたらダメだ！　なんかそういう気持ちになりました。通りを横切って走ります。

「あぶねえ！」

シュリーガンが飛び出してきて目の前の馬を止めます。僕らそんなことも目に入っていませんでしたか。

「うわっち！　気を付けやがれ！」

荷馬車の御者にどなられます。シュリーガンが僕ら二人をこわきに抱えてベルさんのいるベンチに駆け戻ってくれました。

「ちょ、殿《でん》……弟、嬢ちゃんどうしちまったんス？」

はあー、はあー、はあー、胸を押さえて大きく息をしているセレア。

「過呼吸ですね。少し休ませましょう」

ベルさんがセレアをひざまくらして寝かせます。

「帰りますぜ、馬を手配してきます」

そう言ってシュリーガンが近くにいた衛兵を呼びます。

衛兵、僕らを見てびっくりですね。王宮関係者だとは気づいてなかったようです。シュリーガンがてきぱきと指示を出して、衛兵隊の馬車がやってきました。

「大丈夫？　セレア」

青ざめて血の気がない顔をして、ふるえが止まらないセレア。僕もです。なんだかふるえが止まりません。ベルさんに抱きかかえられて屋敷に戻るセレア。

「ちょっと、ご気分が悪くなっただけのようですから」

出迎えのメイドさんたちにベルさんがそう一言説明して、屋敷に入りました。

……僕も、メイドさんたちに挨拶をして失礼します。

「殿下」

御者台から、シュリーガンが振り向きもせず聞いてきます。

「あの子になにかひどいこと、したんスか？」

「……したかもしれない」

「なにやったか知らないっすけどね」

不機嫌ですねシュリーガン……。

「あの子を苦しめるようなことがあったら、俺は殿下のこと、一生軽蔑しますからね」

けいべつされるにふさわしいこと、僕、やっちゃったかもしれません。


夜になっても眠れません。あの子のことが頭から離れません。

セレアのことも。

セレアに会いたい。

会って、話したい。いや、会わないととんでもないことになるような気がします。今会いに行かないとダメじゃないかと、僕の中のもう一人の僕が叫んでいます。

布団から起きて、着替えます。僕のお気に入りの平民服コレクション。

靴も履いて、道具箱からロープを出して、肩掛けカバンに入れ、革の手袋と帽子も。こっそり部屋を出て、サロンの隠し扉に向かいます。

王族以外誰も知らない地下水路のトンネルをくぐって、城外の井戸から顔を出します。少しだけ欠けた月が外を照らしています。小走りに、駆けて、駆けて、人が全然いない城下町を走ります。まだ飲んで騒いでいる大人たちから隠れ、裏道、裏道を通って、コレット公爵別邸へ。ぐるっと一周して、生垣の隙間を見つけて、もぐりこみます。

犬とか衛兵とかいないよね……。こっそり、セレアの部屋のベランダの下に来て見上げます。

まだ明かりがついています。ロウソク一本分ぐらいの、暗い明かり。

セレアが泣いていました。

部屋の窓を開き、ベランダに出て、手すりにつかまって。

「ぐずっ……。ひっく、うぇえぇ……。ぐすん、ひっく、ぇえぇん……」

おえつをもらし、しゃくりあげ、どんどん流れてくる涙を、いつか見た、かわいい白いネグリジェの袖でごしごし拭きながら。

……子供です。

ただ、悲しくて悲しくて、泣きじゃくる十歳の子供でした。

僕、ふっと、セレアって本当は僕より年上になるんじゃないか？　十歳で死んで十歳で記憶が戻ったっていっても、それでも僕より年上になるんじゃないかって思ったことがありました。

間違いでした。セレアは僕とおんなじ、十歳の子供でした。

泣かせているのは僕です。僕の責任です。こんな女の子を、みんながもう寝た後に、夜中に眠ることもできずに泣かせている。胸がしめつけられます。

僕はいずれ、彼女を婚約破棄して不幸にする。未来の話じゃない。僕は今、すでにもうセレアを不幸にして泣かせているじゃないか。最低だな、僕って……。

「(セレア！)」

「(シン様！)」

そっと声をかけると、びっくりしていますね、セレア。当たり前ですけど。

あわてて顔をごしごしとネグリジェの袖でこすります。

「(ロープ投げるから、縛りつけて！)」

「(こんな夜中に、おひとりで⁉)」

「(がまんできなくて、会いにきちゃった。話を聞いて！)」

僕が投げたロープがベランダにかかってたらんと下がります。それをセレアがベランダの柵に縛りつけます。うんしょ、うんしょ、うんしょ。革手袋をはめて登ります。

「……シン様、こんな夜遅くに」

「遅くない。セレアだって起きてたし」

「……眠れませんでした」

二人で部屋に入ります。ベッドに座るセレア。椅子を引き寄せてベッドの横に腰かける僕。

「今日は大丈夫だった？　体のぐあいは？」

「もう大丈夫です。おちつきました」

そうは言っても、泣きはらして赤くなった目がかわいそうです。

「あの」

「はい」

「あの、あのさ、あの店にいた子、知ってる？」

ふるふるふる。首を横に振ります。

「初めて見ました。でも、わかりました」

「あー、僕も……」

「シン様が七歳の時に出会った子ですよね」

「……うん」

はらはらとセレアが泣きます。涙が止まらないみたいです。

「私、あの子を見て、猛烈にしっとがわきました」

「え？」

「あの子は、わたしより、きれい」

「そんなことない、セレアのほうがきれいだよ」

ウソです。あの子のほうがきれいです。

「あの子、わたしよりかわいいし」

「セレアのほうがかわいいって」

ウソです。あの子のほうがずっとかわいかったです。

「あの子のほうが私よりずっと素敵です」

「そんなことないって！」

ウソです。あの子の笑顔、素敵でした。もう胸がドキドキしちゃうぐらい。

いや僕なに考えてんだ。そんなわけないだろう！　あんな子が、セレアよりきれいだとか、かわいいとか、素敵だとか、そんなこと絶対ない！　セレアは僕の婚約者だ！　僕のかわいいお嫁さんなんだ！　僕は一生セレアのこと守って生きるんだ！　僕が他の女の子をセレアより好きになるなんて、あるわけない！

「私、あの子が、憎くなりました。ものすごくいじわるしたくなりました。いじめたくなったんです。あの子はきっとシン様を私から奪ってしまう。そう思ったら、憎くて、憎くて、がまんできなくなりました……。このままだと私は本当にあの子をいじめてしまう。私はひどい子です」

「違う。セレアはそんな子じゃない」

「本当はみにくくて、いやしい子なんです」

「絶対に違う！」

「私、シン様にきらわれてしまうんです。私のことなんか、だいっきらいになるんです」

「絶対に嫌いになんて、ならないよ！」

「……ぐすっ、ひっく、ぐすん……」

ただ、涙を流すだけのセレアに、僕はどうしたらいいかわかんなくなりました。

これがゲームの強制力ってやつなのかもしれません。あの子を見たとたんに頭の中によみがえった美しい記憶は、僕の脳をとろかすように甘美でした。そしてセレアの心を傷つけたのは、まるで呪いのようにその心をむしばむ醜悪《しゅうあく》なしっとです。なんて残酷なんだと思います。こんなの、認めるわけにいきません。

「セレア」

「……」

「結婚しよう」

「！」

「君に永遠の愛を誓う。真実の愛を」

「シン様は、そう言って、あの子の元に行ってしまうんです。『僕は真実の愛を見つけた』って言って、私を捨ててしまうんです」

「あ――――！　もう、そうじゃなくて！」

ゲームの中の僕ひどいなおい！

いや、僕は今ここで、ゲームの僕に勝たなくてはいけません。

もう決めました。後悔なんてしません。

「着替えて」

「え」

「外出するよ。平民の服でいい。教会に行こう」

「教会って……、こんな時間に……」

「いいから！」

ネグリジェのセレアを脱がせて、下着だけになったセレアに、クローゼットから平民に見える服を何枚か合わせて、「着て」って頼みます。とまどいながら準備するセレア。靴も履かせて、月明かりのベランダに立ちます。

「僕が先に降りる。ついてきて」

ロープを握って、手袋をして滑り降ります。それから、手袋をベランダに投げ上げて、セレアにもはめてもらいます。

ゆっくりセレアが降りてきました。途中で手が滑って落ちるセレアを受け止めます。二人一緒に転んじゃった。カッコわる、僕。

「いたたた……」

「ごめんなさい、大丈夫ですか!?」

「あ、忘れてた！　指輪持ってる？」

「大丈夫です。いつも身に着けていますす」

そう言ってセレアが胸元からネックレスにした指輪を引っ張り出します。

「よかった。じゃ、行くよ」

セレアの手を引いて、暗い月夜の庭を駆け、生垣の隙間をくぐります。

用心して、こっそり街を走り抜け、教会まできました。

「こんな夜遅くてもしまっているんじゃ」

「『教会の門はいつでも開かれています』って神父様が言ってたし」

とにかく、教会の柵を登って、上から手を伸ばします。せのびしてつかまったセレアを引っ張り上げて、柵から飛び降ります。

よかった。教会の扉、ほんとにカギがかかっていませんでした。そもそもカギがないんですよね。そういう教えですから。そのかわり教会の周りの柵はしっかり閉まっていましたけど。

きいいぃ……。ぱたん。扉を開けて入ると、聖堂です。正面に祭壇が見えます。

暗い中、ステンドグラスを通った月明かりに照らされて、ほのかに明るくなっています。祭壇には一本だけ、ロウソクが灯《とも》されています。

「セレア」

左ひじを突き出します。セレアがそれに手をからませて、寄りそってくれます。

誰もいない、暗いヴァージンロードを、二人で歩いてゆきます。

祭壇には女神ラナテス様の像。祭壇の前に二人、両ひざをついて座り、頭を下げます。

「女神ラナテス様、真夜中の推参《すいさん》、眠りを妨《さまた》げた非礼、お許しください。今夜、僕たち幼き夫婦の婚姻の誓い、どうぞお聞きとどけいただければさいわいに存じます。どうぞあわれと思って、愛しあう僕たちをお守りください」

　セレアの体に手を添えて、こっちを向かせます。ハンカチーフを取り出して、セレアの頭にかぶせます。

「僕の言うことをくりかえして」

「はい」

「汝《なんじ》、シン・ミッドランドは、この者、セレア・コレットを妻とし」

「なんじ、シン・ミッドランドは、このもの、セレア・コレットをつまとし」

「病めるときも、健やかなるときも、貧しきときも、富めるときも」

「やめるときも、すこやかなるときも、まずしきときも、とめるときも」

「この者を愛し、慈しみ、死が二人を分かつまで」

「このものを愛し、いつくしみ、死が二人を分かつまで」

「変わらぬ愛を、女神ラナテス様に、誓うか」

「変わらぬ愛を、女神ラナテス様に、誓うか」

　そっと人差し指を、セレアの口に当てて。

「はい、誓います」

　そして彼女の手を取って、僕の額に当てて、頭を下げます。

「汝、セレア・コレットは、この者、シン・ミッドランドを夫とし」

「……」

「病めるときも、健やかなる時も、貧しき時も、富めるときも、この者を愛し、いつくしみ、死が二人を分かつまで」

セレアの瞳からぽろっと涙がこぼれます。

「変わらぬ愛を、女神ラナテス様に、誓うか」

「はい、誓います」

「指輪」

セレアが僕にネックレスにした指輪を渡してくれます。

僕も、自分の首にかけてたネックレスの指輪を渡します。そのまま、その指輪をセレアの指に通します。まだぶかぶかですけどね。セレアに左手を出して、僕の指輪もはめてもらいました。こっちもぶかぶかです。なくしちゃうといけないので、また二人で首にかけました。なんかしまらないや。しょうがないけど。

セレアの頭にかぶせたハンカチーフを持ち上げます。

「キスさせて」

セレアが目をつぶって、顔を前に出します。そっと、顔を近づけて、ぷちゅって、キスします。

初めてセレアとキスしました。ずっと、僕はこうして、セレアとキスしたかったのかもしれません。やっとできた。すごくうれしいです。手を取って立たせます。

「あのさ」

「はい」

「その、もう一回、キスしていい？」

セレアが僕の首に手を回して、抱き着いてきました。

セレアを抱き上げて、キスします。一回だけじゃなくて、何回も。ずーっとくっつけたままにして。

ちょっとしょっぱい、セレアの涙の味がします。なんかうれしくて、抱き上げたまま、くるくる回しちゃいます。

「これでもう大丈夫だよ！」

「大丈夫？」

「うん。ほら、婚約ってのは、約束でしょ？」

「はい」

「婚約はね、破ることができる。家と家、僕とセレアの約束だから。でもね、結婚ってのは誓いなんだ。女神様に誓ったんだから、もうこれは真実なんだ！　強制力なんてやつから、きっと僕らを守ってくれる！」

「はい！」

「誰かいるのですか？」

突然かけられた声にびっくりして祭壇の横を見ます。

ゆらり、燭台のロウソクの火を灯して、神父様が立っていらっしゃいました。

「……夜分失礼いたします」

「子供……？　こんな夜中に、いったい……」

神父様が近づいていて、僕らの顔を照らします。

「王子様ではないですか……。いや、驚きました。こんな夜中に何用です？」

「結婚式を挙げていました」

「結婚式とな」

神父様もびっくりですね。

「いやいやいや……いくらなんでも。王子様はたしか十歳かそこらではありませんでしたか？」

「十歳です」

「そちらのお嬢さんは……確か、昼間の？」

「僕の婚約者……、妻のセレア・ミッドランドです」

「コレット公爵様のご息女でしたな。婚約したという話はうかがっておりましたが、なにもこのような場で、このような時間に婚姻を結ばなくとも」

「もう女神様に、婚姻の誓いを立ててしまいました。僕たちは結婚したんです」

ふう――。神父様があきれて首を横に振りますね。

「婚姻は成人になってから。少なくとも十六歳になるまで受け付けておりませぬ」

「それは単なる教会の慣例です。この国には、結婚は何歳からという法はなく、聖書にも記載されていません」

それは調べました。間違いないです。

「お父様……国王陛下の許可もなしではありませんか？」

「婚約は結婚してもいいという両家の許可です。いつ結婚するかは僕らが決めていいんです。婚姻帳に記帳させてください」

「いけません。そもそも結婚には証人が必要です。それがなければ認めることはできません」

「女神様に誓ってもですか」

「誓いは誰にでもできます。公式な記録になり得ないということです」

「だったらその証人、俺がなってやるよ」

腰が抜けそうなぐらいびっくりしました！

どかどかと祭壇前に歩いてくる男、ロウソクの光に照らされてそのものすごく怖い顔が近い近い近い！　悪魔か魔物か幽霊かってその顔に神父さんが悲鳴を上げます！

「ひいいいいい！」

「ラステール王国近衛騎士、シュリーガン・ダクソンと申します。殿下、このたびのご結婚、心よりお祝い申し上げます。不躾《ぶしつけ》ながら、近衛騎士たる拙者《せっしゃ》でよろしければ、このご結婚の証人として記帳させていただきましょう」

「シュリーガン、いつからいたの!?」

「殿下が城を出たあたりから」

うああああああああ。

「なんでわかったの！」

「そりゃ内緒ですって。種明かししたら殿下、俺を次から全力で回避しようとするでしょ。俺の護衛から逃れられると思わないほうがいいっすよ」

「護衛じゃないよね！　それもう監視だよね！」

「どっちだってやってるこたぁ同じです」

あーあーあーあー。全部バレちゃったよ……。

「証人は二人必要なんですが」

神父様空気読んで。

「もう一人は、私が記帳いたします」

……もう許して。

メイド服姿のベルさんがとんとんとんと、こっち向かって歩いてきます。

「コレット家、セレア様付きメイド、ベルと申します」

そう言って優雅にお辞儀をします。

「……ベルさん、こんな夜中に外出して、大丈夫なんですか？」

「そりゃあお嬢様が外出なさるのですから、随行いたしますわ」

「ベルさんいつ寝てるの」

「私は寝ません」

それ絶対ウソですよね。完全に脅しにかかってますよね。お嬢様の弱みを握るネタにしようとしてますよね。

「近衛騎士の俺がずっとここまで護衛してきたんすからね、別に問題ないでしょ」

お前ほんとベルさん好きだな！　僕より優先してるでしょぁきらかに！

「さ、神父さん、婚姻帳出してもらいましょうか」

「う、ううう。はい、どうぞ」

シュリーガンの怖い顔でにらまれて、神父さんがぶあつい婚姻の記帳書を出してくれます。

多くの市民のみなさんの婚姻届のリストの下に、まず僕から。次にセレアに名前を書いてもらいます。同じ欄に証人のシュリーガンとベルさんが名前を書いてくれます。

「王家の婚姻が、こんな教会の婚姻帳に市民と並んで一行だけって……」

「記帳は記帳でしょう神父さん。こんなんでもあとからもめごとになりゃあ、この坊ちゃん嬢ちゃんがすでに結婚してるって証拠に十分なるんでしょ？」

神父様があきらめたようにうなずきますね。

「女神様への誓いですからな、何者もこれを否定することはもうできませんな」

「だってさ。殿下、おめでとうございます」

「おめでとうございます」

シュリーガンとベルさんが僕らに頭を下げます。なんかあっさりしすぎです。この二人、案外おにあいなのかもしれません。

「じゃ、帰りましょっか」

「はい」

いや、二人ともほんっと動じないな。この事態に。まるで用事はすんだと言わんばかりです。

「お待ちなさい！」

「？」

神父さんの声に、みんなで足を止めます。

「登録料、金貨二枚！」

……ようしゃないですね。神父様。


夜道、シュリーガンがランプをぶらぶらさせながら先導します。セレアとベルさんを公爵別邸まで送っていくことになりましたんでね。

「シュリーガン……、その、今日はありがとう」

「そりゃあかわいい弟の結婚式っすからね、すっぽかすなんてことはしませんて」

その設定まだ続いてるんですか。

「あの、今夜のことは他言無用に」

「そりゃ無理ですな」

「言うよね！　絶対父上に言うよね！」

「言うに決まってるでしょ。言わなきゃ俺のクビが飛びますって」

「あーあーあーあー」

「でも証人としてシュリーガン様も記帳なさっておいででした。殿下の片棒を担いだことになりますわ」

ベルさんも非情ですねえ。

「なに、陛下がどんなに怒って俺のクビを飛ばしたって、これで二人の結婚は決まりです。もう動かしようがありませんて。なんてったって女神様に誓っちゃったんですから」

こんなことでクビ飛んでもいいのシュリーガン？　クビが飛ぶって、この場合ギロチンかもしれないんだよ？

「ベル……。ごめんなさい」

「おめでたいことですよお嬢様。謝ることなんかなに一つありませんわ」

「お父様に言う？」

「言わなくても夜が明ければ、王家から連絡が来て屋敷中の人間が知ることになりますわ。ちょうど旦那様も別邸に滞在中ですし」

「ううう……」

セレアも頭を抱えます。公爵殿、領地から王都に来てたんですね。

「内緒にしておかなきゃいけない理由があるんで？」

「僕たちの切り札なんです」

「妙なことを言いますなあ。ま、殿下は俺より何倍も頭いいっすから、なにか考えあってのことだとは思いますがね」

十歳の僕にそんなこと言って情けなくならないんですかねシュリーガン。

そうこうしているうちに、コレット公爵別邸に到着しました。

「セレア」

「シン様……」

「その……、また明日」

「はい。おやすみなさいませ」

セレアがぺこりと頭を下げて、ベルさんが開けた門を通って屋敷に消えます。

「さ、帰りますぜ」

「ねえシュリーガン、今夜のことは……」

「だから言いますって、陛下に」

「他の人には絶対ナイショにしてね！」

「さあー、こんなめでたいこと、言わずにいられますかねえ俺」

「頼むってば！」

「さーて、どうしましょうかねえ！」

「面白がってるよね！　っていうかヤキモチ焼いてるよね！」

そんな怖い顔でゲラゲラ笑ったって、全然怖くなんか！

……ごめんなさいウソです。ものすごく怖いです。夜道だと怖さ二倍ですよもう。

でも不思議ですね。

僕すっかり忘れていました。あんなにはっきり思い出した、七歳の時に出会った、あの子の記憶。

なんか王宮につくまでに全部、頭から消えていました。

眠い目でベッドに入って、あーそーいえばそんなことあったっけって感じで、あの胸が締めつけられるような、せつない初恋の恋心が、なぜかきれいさっぱりなくなっていましたね。

女神様のご利益すげえ。金貨、もう二枚ぐらい、追加してもよかったかな。

☆彡

翌朝、父上の執務室に呼び出されました。

もちろん大変お怒りのご様子です。仕方ありません、ここは開き直りますかね。

「昨夜、セレア嬢と結婚したそうだな」

「はい」

「……早まったことをしてくれた。婚約をしてからまだひと月も経《た》っておらぬ。いくらなんでも拙速《せっそく》ではないか?」

「陛下は結婚の時期は僕たちで相談して決めてよいとおっしゃいました」

「お前もセレア嬢もまだ十歳だぞ? 成人もしておらぬうちから婚姻させたなどと国民に知れれば、王家の独善が批判にさらされるわ。なにもあのようなところで結婚せずとも成人してから大聖堂で堂々とやればよいではないか。なぜそう事を急ぐ?」

困ったことをしてくれたという顔ですね。

確かに、これを王家がやらせたとなれば国民からの批判はあるでしょう。まだ幼い子供にそのような家の事情を押しつけたと。政略結婚を急がねばならない理由があったのではと、お家の事情を勘ぐられることにもなりかねません。これは正直に言ってしまったほうがいいですね……。

「婚約破棄をされないためです」

「婚約破棄!?」

父上が思わぬ言葉を聞いて口あんぐりです。

「姉上はオルスト公爵子息とご婚約されておいででした」

「婚約はしておらぬ。婚約同然と言ってよかったかもしれぬが」

「いえ、婚約をしていました。しかし、ハルファとの婚姻の話が来て、王家より婚約を破棄した形になり、姉上は結局ハルファに嫁入りしました」

「人聞きの悪いことを言うな。あれは婚約をしていたわけではないし、破棄もしておらぬ」

「対外的にはそうなっていますが、事実は異なります。そんなことはみんな知っています」

「……余がお前の婚約にも、盟友であるハーストを裏切りセレア嬢に婚約破棄のような不義を突きつけると申すか」

「いいえ。ですが、もしそれが国益にかなうのであれば、ハースト・コレット公爵殿はみずから身を引くでしょう。公爵は義のお方です。私情よりも国を優先なさいます。セレア嬢に婚約を辞退させるでしょう」

「余がお前を婿《むこ》に出すとでも?」

「他国より息女をめとる話がくるやもしれません」

「余が嫡子と認めた第一王子にそのようなことをさせると思うか？　余を信用できぬと申すか？」

　ちょっと苦しいですが、ここからは屁《へ》理屈で通すしかないですね……。

「国王としての陛下を信用しております」

「……？」

「陛下は息子である僕の幸福より、国民の幸福を第一にお考えになるはず。その時は国益にかなう決断をなされることと思います」

「……結婚したという事実があればいかなる理由においても婚約破棄などはあり得ないと。既に結婚しておるのだからなと、それほどまでにセレア嬢を愛しておると？」

「はい」

「廃嫡されてもか」

「ご存分に」

　陛下がやれやれと首を横にふりますね。

「……わかった。その意志、貫くがよい」

「ありがとうございます」

「考えてみれば別に悪いことはなにもないのだ。余はまこと、お前がセレア嬢と結婚し、王位を継ぐことを願っておる。それに値すると余も、ハーストも認めておる。親として人並みに結婚式を盛大に挙げてやりたかったのだ。なにもあんな場末の教会で夜中に隠れるようにこっそりと婚姻することもあるまい……。いったいなにがお前をそう急がせたのか、さっぱりわからぬわ」

「申し訳ありません」

つべこべ言わず頭を下げます。実際申し訳なく思っているんです。

「このことは他言無用とする。悪い前例となってはたまらん。ハーストにもそう申し伝える。対外的な結婚式をどうするかはお前が成人後に改めて考えるとしよう」

「ご配慮感謝いたします」

「下がってよい」

「はい。失礼いたします」

「あー、ちょっと待て」

退席しようとして呼び止められます。

「結婚おめでとう。シン」

「……ありがとうございます」

最敬礼して頭を思いっきり下げます。涙が出そうです。

ごめんなさい、父上。でも、セレアを守るには、僕はこれしか思いつかなかった。その分、勉強をがんばりますから、どうか許してください。


お昼、またセレアと一緒に昼食です。あ、城内の食事ですからね、いちいち毒見してもらったりしませんよ。あれは城外でなにか口にするときの慣習ですから。

「あ……、こんにちは」

「こんにちは、殿下」

なんかものすごく照れくさくて、はずかしくて、二人ともよそよそしい挨拶になっちゃいます。

「あの……、あれからなにか変わったことはなかった？」

「朝、父上に『でかした！』ってほめられました」

すごいな公爵殿！　十歳の娘が親に無断で結婚して、よくそのセリフ出るな！

「そっちは問題なかったんだ。僕は陛下に怒られてさんざんイヤミ言われちゃったよ」

「そうかもしれませんね」

「十歳の子供を結婚させたなんて政略結婚でつごう悪い事情があるに決まってるって思われちゃうってさ」

「あ、そうですね！　私全然そんなこと考えていませんでした！」

めんどくさいですね、政治っていうやつは。

「だから、この結婚のことは、時が来るまで秘密にしておけって」

「はい、陛下のおっしゃる通りだと思います」

「……僕も秘密にしておくべきだと思う。だって、目的は果たしたと思うし」

「目的って？」

「僕ね、あの子を見た時、胸がどきどきした。すごく好きだった人に会ったみたいに、初恋の幼なじみに会ったみたいに、全ての思い出が頭の中でよみがえった。僕、一目であの子に恋しちゃった」

「えっ……」

「でもね、教会でセレアと結婚式を挙げたら、それっきり、なんとも思わなくなっちゃった。どうでもよくなった。そういえばそんなことあったっけって。すごいねゲームの強制力って……。ゲームっていうより、運命の修正力？　なんか前もって決められていた運命にムリヤリ従えって命令があったみたいに。でもそれがきれいさっぱりなくなった」

セレアがうんうんって、うなずきます。

「……私もなんです。あの子のこと、あんなに憎くて、泣きたくなるほどくやしくて、絶対にゆるせないって思っていたはずなのに、あれから、いったいなにに腹立てていたんだろうって、ふしぎなくらいなんとも思ってないんです。今は」

「すごいね！　女神様のご利益、ばつぐんだね！」

二人で一緒に笑います。

「もう婚約破棄なんてありえない。だって結婚しちゃったんだから、もう誰も僕とセレアを引きはなす権利がないよ。ムリヤリ離婚させる法も聖書の決まりも、いくら探したってないからね。思った通りになったね」

「女神様だって、困っちゃったかもしれませんね」

うふふって、セレアが笑います。

あー、よかった。結婚して大正解でした！

「僕、これからがんばるよ。ちゃんといい王様にならなくちゃ。いっぱい勉強して、国をよくする方法を考えなくっちゃ」

「シン様ならきっとできます」

「できるよ。だって僕はもう一生、恋に悩んだり、失恋したり、恋人を探したり、そんなことしなくていいんだ。どんな時も、もうセレアがいてくれるんだから。きっとうまくいく」

「はい、私もいっぱい、お手伝いします」

十歳で、お嫁さんをもらいました。十歳で、お嫁さんに来てくれたんです。

僕、絶対に、この子、守って生きなきゃダメですね。

どんな運命でも来ればいい。負けるもんか。僕はセレアの笑顔見て、そう思いましたね。

3章 ⚜ 王子様の公務

王子は武術も習わなければなりません。先生は……シュリーガンです。

「人体の急所！　顔面なら目、耳、鼻！　首なら喉！　ボディーは胃、肋骨《ろっこつ》、足なら脛《すね》、足の甲、そして、金的っす！」

「……あの、それ武術なの？」

「ナマ言ってんじゃないっすよ？　殿下はまだ十歳なんだから、まず急所に一撃、そして逃げることっす。要するに護身術っすね。それができるようになったら、剣でも槍《やり》でも教えてあげますって」

「なんか王族のやるようなことじゃないよねそれ」

「戦場では生き残ることが第一っす。どうせ殺す相手なんだから躊躇《ちゅうちょ》なくキ○タマを蹴り上げずにどうします？」

「お前よく騎士になれたよねホント」

なりふり構わぬケンカ殺法なんですよね。

顔面狙って鼻を折る。掌底《しょうてい》で顎を突き上げる。蹴り上げてきた足を持ち上げて転ばせる。頭を押さえつけて膝で顔面を打撃する。後ろから羽交い絞めにされたら後頭部で頭突きする。足の甲を思いっきり踏みつける。どの動きにも必ず最後に金的を蹴り上げるか踏みつぶす動作があります。

怖いですね……。もちろん、シュリーガンはちゃんとプロテクターをしています。子供でも大人を倒すための技ですから本当に決まればシュリーガンだって倒れますわ。

「いいっすか？　ためらうのは一切なしです。中途半端が一番ダメっす。相手を怒らせて事態はかえって悪化します。キ○タマを踏みつぶすまで止まっちゃダメですぜ」

「男として、やっててつらいものがあります……」

「そりゃあそうです。これ、女性に教える護身術ですから」

「うわあ……」

「つまり今の殿下は女、子供っちゅうレベルなんすよ」

「……子供だもんね」

「殿下って時々、『俺より年上じゃねえの？』って思うことありますけどね、体は子供なんだから。これができるようになったら、お上品な貴族らしい、剣とか槍とか教えますんで、それまではひたすら護身術の練習っす」

「はあい」

終わったら、次、ダンスの練習。

ギャップがありすぎます。野生動物の殺し合い同然のさつばつとしたタマの取り合いから、いきなり淑女《レディ》との優雅で上品な社交ダンスなんですから。ちゃんと気持ちを切り替えないと、間違ってセレアの股間を蹴り上げちゃいそうです。

「ちょっとちょっと！　シンちゃん！　遅いわよ！」

先生のギャップもすごいですねこれ。

「遅刻しちゃいました。すみません」

「それはいいわ。セレアちゃんが凄いの！　ちょっと見てあげて！」

「え、なになに？」

薄いダンスウェアを着たセレアが恥ずかしそうに答えます。

「先に来ていたので、ちょっと昔を思い出して鏡の前でやっていたら先生に見つかっちゃって」

いったいなにやってたんです。

「お願い、セレアちゃん、もう一回やってみて――――！」

先生がこんなふうになるの珍しいですね。

つぃーつぃーつぃーつぃー。

うわあなにそのステップ！　ヘンです！　なんでそうなるの？　不思議です!!

普通に歩いてるようにしか見えないのに、なぜか後ろに進んでいます！

「なんでそんなのできんの!?」

「小さい頃、ちょっと流行《はや》りまして、冬に水たまりに氷が張った時とかやっていたんです。クラスで一人できる子がいまして、みんなでマネして」

「どうやってやるの？」

「右足の、つま先を立てて、左足はかかとをつけたまま、後ろに滑らせます」

「うんうん」

「で、今度は後ろの左足をつまさき立てて、右足はかかとをつけます」

「うん」

「そして、右足をかかとをつけたまま、後ろに滑らせます」

「セレアちゃん、それ、滑らせるほうの足には実は重心はかかってないのね？」

「はい」

先生が感心しますね。

「……目の錯覚を利用してるわけね。凄いわ」

「私が考えたわけじゃないんですけど……。マイケルっていう歌手で、ダンサーの人の技で」

「あたしそんな人知らないし見たことないわ」

そりゃあないでしょうねえ。きっとセレアの前世の記憶ですから。

「とにかくみんなびっくりするわ。それぜひマスターしちゃいましょう！　今日はもうその練習でいいわ。あたしもできるようになりたいし！」

それから先生も一緒になって、三人でずーっとその謎のステップの練習ですよ。

「これ滑りやすい靴で練習したほうがいいわね。なるほど氷の上で練習するわけだわ。みんな履き替えて！」

さすが先生、すぐマスターしちゃってすっごく上手にできるようになりました。

次がセレア、僕が一番ヘタクソですね。

三人でリズムに乗ってつぃーつぃーつぃーつぃー。ちょっと不気味かもしれません。止まらず、流れるようにやるのが難しいです。先生なんですぐできちゃうんですか。

「素敵ね！　これ、みんなを驚かすことができる必殺技になるわ」

「じゃあ先生、これごひろうできるようになるまでナイショにしましょう」

「うーん惜しい！　あたしが使いたいわ。でもセレアちゃんに教えてもらったんだし、二人だけの技にしたほうがいいわね……」

先生がそう言って思案顔になりますね。

「うん、わかった。二人が正式にダンスパーティーでデビューするときは、これを入れるルーティンで組みましょ。それとこのステップなんて名前にしようかしら？」

「これ、名前があるんです。『月面歩行《ムーンウォーク》』っていうんです」

なんで月なのセレア……。

「月って重力が地球の六分の一しかなくて体が軽くなるんです。宙にういているように歩くから、そういう名前になったみたいで」

ごめんちょっとなに言ってんのかわかんない。

「よくわかんないけど確かにそんな不思議なステップよね。イメージ湧いてきたわ――――！　任せて！　最高の形でご披露できるようにしてあげるから！」

やっぱり先生、おもしろすぎます。

三時には一休みでティータイムです。

「姉さま！　あそびましょー！」

「ねえさま！　今日は夕食をごいっしょにって母上が！」

妹たちともだいぶなじんできましたね、セレア。母上も気に入ってくれています。でも、母上のこの「夕食をごいっしょに」というのは事実上の食事マナー教育です。

「習うより慣れろ」が母上のモットーでして、マナーをマナーと意識せず、自然に当たり前にできるまでやれということ。ご飯を食べるのにも気が抜けないんだからセレアも大変です。

夕食までちょっと時間がありますので、妹たちと遊ぶことにしました。

「姉ちゃん！　俺も！」

……最近生意気になってきた弟も参加です。

いちばん上のサラン姉さんが隣国に嫁いでから、急に僕にはりあうようになってきましたねえ。新しくできたお義姉《ねえ》さんに、子供に見られたくない意地もあるのでしょうか。いろいろな思いがあるかもです。サラン姉さんが嫁ぐため家を出る日、一番泣いていましたからねえ。

「なにやりましょうか」

「ブタのしっぽ！」

僕、カードゲームというとブリッジやポーカーとかのテクニック、心理戦を駆使した大人向けのものしか知りませんが、セレアはびっくりするほどたくさんのトランプゲームを知っています。子供たちが喜ぶようなかんたんなものとか。ジョーカー抜きとかブタのしっぽとか、「もうそれ運しかないじゃん」というゲームもありますが、幼い妹たちには大好評です。

「病院に入院していたとき、いっしょに入院していた病室の子供たちとやっていました」ということで、小さい子供と遊んだりするのが意外と上手です、セレアは。

「えー、大富豪がいいよ！」

弟がワガママ言いますが、なんですそのゲーム？　初耳です。

聞いてみると、負けた人は貧民になり、大富豪に自分の一番いいカードを差し出さなきゃいけないそうです。そのうえ、大富豪からは一番悪いカードを交換で渡されるそうじゃないですか。なんとせちがらいゲームです。

「それじゃあ大富豪、ずっと勝ち続けることになるじゃないですか。子供のうちからそんな格差社会の現実を思い知らせるようなゲームやらせていいんですかねそれ……」

「大丈夫です、四枚カードがそろうと、『革命』っていってカードの価値が逆転して大富豪は一気に貧民に落ちぶれますから」

「『革命』を狙うようなゲームを貴族の子供たちにやらせていいんですかね……。まずはブタのしっぽからやってください」

弟や妹が大富豪になって勝ち続けて平民や貧民を見下すのが面白くてしょうがないような人間になったり、革命で下克上を狙うようなテロリストになったら困りますって。王族としてそれはダメでしょ。

夕食が済むと、公爵別邸から迎えの馬車が来ます。セレア付きのメイドのベルさんが乗っています。三人で、サラン姉様の部屋だったセレアの部屋でコッソリ、情報の確認です。

「ハンス料理店は、本店は普通の、まあちょっといいレストランなんですが、そこで出したポテトチップ、フライドポテト、フライドチキンが大評判になりまして、支店としてそれを専門に扱う店を出したのが、この前行ったお店なんですね」

「そうだったんですか……」

ベルさんが頼んだ情報を集めてくれて、僕とセレアに報告してくれるんです。

「人気なのでもう一軒ぐらい支店を増やすかもしれません」

「大量の植物油が必要になりますね。その入荷先は？」

「ブローバー男爵領の菜種油です。店の人気に気をよくして生産量を増やすとか」

「男爵家ともつながりができているわけですね」

「そうですね。鶏舎も今大きなものを男爵領で建設中でして、同じ店でビスケットにカエデの樹液をかけたものや、キャベツのサラダなんて新商品も次々にメニューに加え、人気になっています。炭酸水の果汁ジュースなども販売されていてどれも男爵領の生産物ですね」

うんうんとセレアがうなずきます。これは知っているということです。つまりセレアの前世で同じものがあったということ。僕も知らない、初耳のものばかりですから。

「驚くべきことは、これが全部、店主でありオーナーシェフのハンスの娘、リンスが考えたってことなんです」

娘！　あの子のことでしょうか⁉

「殿下やお嬢様と同じまだ十歳なのに、次々と新メニューを考え出し……。あ、その娘が料理するわけではなく、リンスのアイデアをハンスが実際に料理にしてみるというものだそうですが」

十歳ですからね。実際に料理までできたらそりゃすごすぎちゃうか。

「でも小さな店舗でも利益が出るように、カウンターで商品を受け取るセルフサービスの方式を確立したり、他のレストランにはないテイクアウトも始めたりと商才もあるようで」

すごいなそれ！　十歳の子供のやることかい！

「……びっくりだね」

セレアを見るとやっぱり、難しい顔をしています。

「ベルさんって、どうやってそんな情報集めてるの？」

「私はお嬢様付きメイドとして、コレット家の間者を使う権限を与えられていますから。ハンス料理店のバイトとして一人、もぐりこませました」

「怖いなそれ！　怖いよ！　僕のこともいろいろ調べてんじゃないの⁉」

「もちろんですわ」

「ひどっ！　王宮の中にまで、人をもぐり込ませていないでしょうね？　ね？」

「ご心配には及びません。殿下の情報はほとんどシュリーガン様からなんでも聞けますから」

うん、シュリーガンはやっぱり、クビにしたほうがいいみたいです。

「当家の集めた情報を殿下にもお渡ししているんですから、それぐらいはご了解いただきたいですわ。協力できなくなりますので」

うん、シュリーガンはクビにできないみたいです。

「ねえベルさん、僕、前から一度聞いてみたかったんだけどさあ」

「はい」

「ベルさんは、シュリーガンの顔、怖くないの?」

「コツさえつかんでしまえば簡単ですから」

「技術的な問題なの⁉」

よくわかんないですね。ベルさんは。

「チキンのレシピについてはまだわからないことが多いですね。お嬢様のおっしゃる通り、圧力鍋という、密閉された容器の中で油で揚げて調理しているところまでは突き止めました。問題はハーブとスパイスの調合で、これは現在調査中です」

「いや、知りたいところはそこじゃないから……。それはやめてあげて」

毎日フライドチキン食べたくて調べさせてるわけじゃないですよ。知りたいのはリンスという娘のことなんですが、それはベルさんには言えませんからね……。

「……そのような一店舗、なぜお嬢様と殿下が気にされるのか、そこが私にはよくわかりません。もちろん依頼とあればどんな情報でも集めますけど、目的がはっきりしていればより精度よく必要な情報を集められますが、理由はお聞かせ願えませんのでしょうか」

ベルさんが疑問顔ですね。

「ごめん。まだちょっと気になるなってことだけだから」

「お店が繁盛するのも、男爵領の産業が豊かになるのも、わが国の国益から見て悪いことはなにもないのですがねえ……」

「僕らとしては、問題は今後、そのハンスの店が拡大していくのか、その男爵との関係がより強くなっていくかです。無視できない力を持つようになりつつあるのか、様子を見たいと思います」

いつの間に貴族とまで関係もっちゃって、あの子、けっこうやり手ですね。

僕らが学園で共に学ぶようになるまでには、「平民ながら貴族学校に入学する」ぐらいの実力と名声を手に入れているかもしれません。

セレアの言う、「前世知識」というやつを駆使して。

そこからが、本当の勝負の始まりになるのでしょう……。

☆彡

「二週間後に国王の誕生日会があります」

「了解！　任せといて！」

ダンスの先生がにんまり笑います。

僕たちが結婚してから三か月が経《た》ちました。もうすっかり息の合ったダンスパートナーです。誕生日会に備えて、僕は燕尾服《えんびふく》っぽい練習着。セレアのスカートも裾がふんわりと広がったやつですね。

今日からダンスレッスンにピアニストさんが来て演奏してくれます。先生の手拍子から、オルゴールで練習するようになっていたんですけど、国王の誕生日パーティーとなれば一曲長々と、楽団の生演奏でダンス曲をやるわけで、それはピアニストさんに弾いてもらわないと再現できません。ピアニストさんなら途中で止めたり、途中から始めたり自由自在ですからね。

ピアニストさんに一曲通して弾いてもらって、まず曲を覚えます。先生がそれに合わせて、説明を入れながらシャドーダンシングしてみせてくれます。

「いい？　あんたたちはまだ十歳の子供。大人顔負けのダンスを踊る必要はないわ。子供らしく、元気よくはつらつと、笑顔で楽しそうに場を和ませるために踊るの。大人が期待する理想の子供像を演じるのよ」

「はい」

「早い時間に子供たちのダンスタイムがあって、あんたたち子供が退場し、おねんねしてからが本番の大人たちの丁々発止の腹の探り合い、キツネとタヌキの化かし合い、恋のさや当てがはじまる。それが社交界。あんたたちは余興なのよ。それをよく理解して。あとで踊る大人たちが恥ずかしいような思いをするほど凄いダンスはしなくていいの。いいわね」

「りょうかいです」

「将来は王位継承して国王、王妃になるんだからバカそうに見えてもダメ。利発だけど分別を心得てるふうにちゃんと見えるようにしましょうね」

さすがは先生ですね……。なんでもよくわかっています。二流ぐらいの先生なら王室御用達《ごようたし》のダンス教師として名を売るために、僕らに難しいダンスをやらせて、会場の度肝を抜こうなんて言いそうなもんですが、タダもんじゃないです。

「これは昔、シャム国の王様が、外国人の家庭教師相手に踊ったダンスなのよ」

向かい合って両手をつなぎ、いちにっさん！　いちにっさん！

あはははは！　パワフルですね！

三拍の間にちょっとタメて四拍子です。サイドスキップしてぐるぐるぐる。

「元気よく！　飛ぶように！　セレアちゃんのスカートが浮いてステップが見えるぐらい！」

「下着みえちゃったらどうすんの！」

「子供がそんなこと気にしない！　さ、ぐるぐるぐるぐる、会場いっぱいに使って！　回って、回って、回りまくるの！」

向かい合ってつないだ手を引っ張り合うように、セレアをグルグル振り回すみたいに！

「きゃあ！　ああん！　あはははは！」

「そう！　セレアちゃん、その笑顔よ！」

二人で一緒に踊ることが、楽しくて楽しくてしょうがない。僕たちは演技じゃなくて、本当にそう思って踊っているんですよね、今！

「シンちゃん、セレアちゃん。つつましいレディが、元気よすぎる王子様に振り回されて、びっくりして、でも楽しくて、嬉しくてしょうがない。こんなダンス踊ったの初めて。そんなダンスにしてね」

「はい！」

「会場のタヌキ親父や女ギツネが、この子たちが今、ダンスを踊って、初めて恋に落ちた。そんな胸キュンな場面に立ち会えてホンワカした気持ちになれるように、ね！」

「僕たちもう婚約しているんですが……」

「恋愛と結婚は別。寂しいけど、それが貴族。国中のタヌキ親父と女ギツネが、あんたたちが利用できる駒になるか、つけいるスキはあるかを見ているわ。大切なのはあんたたちが名ばかりの婚約者という立場を超えて、本当に愛し合っていて、恋をしているって見せること。誰もあんたたちの心を奪えないってわからせること。あんたたち、それが目的なんでしょ？」

……先生は本当にすごいですね。全部お見通しなんですね。

びっくりした顔をする僕らを見て先生が笑います。

「あたしが何年ダンスの先生をやってると思うのよ。それぐらいわかるわよ。あんたたち必死すぎるのよ。子供なんてみんなダンス大っ嫌いなのが普通なんだから、こんな真剣にダンスに取り組む子供なんて見たこと無いわ」

「……そんなふうにみえていましたか僕ら」

「ダンスは口ほどにモノを言う。アタシの目はごまかせないわよ。そんなおませさんなあんたたちに必要なのは、もう一度、ダンスを心から楽しんでもらうこと」

そういってウインクします。ちょっと不気味です。

「会場いっぱい使って踊るから、他の人にぶつからないようにね。フロアクラフトよ。縦横無尽に人の間をすり抜けながら飛んでみせて。さ、ちょっと難しくなるわよ？」

ダンスホールに椅子とかテーブルとかバラバラに並べて、その間を抜けるように、今のダンス、練習しました。

☆彡

国王陛下と、王妃が入場され、大臣始め多くの方がお祝い申し上げてから、晩餐会《ばんさんかい》です。食後、ダンスホールに移動して、あらためて子息子女も交えてお酒も出て立食会。僕らも燕尾服にドレスで、セレアをエスコートして目立たぬように入場します。それなのにたちまちいろんな方から挨拶され、挨拶を返し、一瞬も気を抜けませんね。

「ご婚約、おめでとうございます殿下。セレア様も」

「ありがとうございます」

緊張して硬くなってる感じになっちゃうかな。堅苦しい形ばかりのあいさつですのであんまりお気楽にできません。セレアも笑顔が硬いです。

子供は子供同士、親につれられてきた、たくさんの子供たちとも挨拶をかわします。

「おなかすいちゃったよ」

「どの料理もおいしそうですもんね。でもあんまり食べちゃダメですよ？」

「わかってるって、あとで部屋に運んでもらおう。はい炭酸水」

「げっぷがでちゃいますって」

僕はずーっとセレアの隣にいます。移動する時はちゃんとセレアの手を取って。

女性はエスコートなしではなんにもできない赤ちゃんみたいなもの。そう思ってやること。レディファーストとかも全部、「女性は子供と同じく男が保護すべきもの」という考えです。古臭《くさ》い考えのように見えてもこれができることが公《おおやけ》の場での紳士の条件となります。紳士道、キビシーですね。

会場の曲が変わって、ダンスタイムです。ずっと隣にいたくせに、わざわざ距離を取ってからあらためて、胸に手を当て頭を下げ、セレアにダンスを申し込みます。

その僕の手を取ってセレアが微笑《ほほえ》みます。

僕もにっこり、笑い返してから、他の子供たちに混ざって、ホールの中央へ。

楽しそうな音楽がリズムよく始まり、僕はセレアの両手を取って、右に、左にステップします。

いちにっさん、いちにっさん、いちにっさん、さあ、いくよ！

スキップスキップスキップ！　二人でぐるぐる回ります！

「きゃあ！　あはは！」

メリーゴーランドみたいです！

お上品に踊ってる年上の子供たちの間をぐるんぐるんと飛びぬけます！

「おお」

「いや、元気ですな、王子様」

見守る大人たちが笑顔になります。

「いいですな、楽しそうで」

「ほんとですわね」

当然です。僕ら、楽しいんですから！

「あらあらあら……」

母上が扇で口を覆います。

「はっはっは、よいではないか！　やるものだわ」

父上はご満悦ですね。

曲が転調して、あらためて左手でセレアの右手を取ります。手は上に。そっと歩み寄るセレアの背中に手を当てて、子供ダンスから大人ダンスに切り替えます。たっぷり練習した基本のステップ。

「ふふっ」

「あははは！」

二人で笑っちゃいますね。特別変わったことはしないで普通に踊ります。

ターンしてえー、ゆっくり泳ぐ魚のようにいー、ワン、ツー、スリー、フォー、ワン、ツー、スリー、フォー。

で、ここでえー！　つぃーつぃーつぃーつぃーっ！　ムーンウォーク！

会場の何人かは気が付いたかもしれません。ちょっとびっくりしています。

知らん顔して踊り続けます。見間違えたか？　たまたまそう見えただけか？　そんな感じですね。

くるくるくるくるって、セレアを回して、曲が終わりました。手を広げて頭を下げ、セレアもスカートをつまんで会場の紳士淑女に挨拶します。

国王陛下にお休みの挨拶をいただいて、子供たちはこれで退場です。僕らも王族の控室に戻ります。

「うまくいったかなぁ」

「よかったと思いますよ」

セレアもほっとしてますね。メイドさんに頼んで、ちょっとした夜食程度に。料理をこっちにも運んでもらいます。

「ムーンウォーク、誰か気が付いたかな？」

「あはは！　そりゃ無理だと思います！」

だよねー。

僕はともかく、セレアのそのスカートだと、足、見えないもんね。メイドさんに会場の様子を聞いたら、パーティーの評判は上々で、仲のよさそうな僕たちを見て上流社会のみなさんは、「あの二人ならなにも心配ないだろう」ということになったようです。

「とってもなかよしで、お似合いの二人だとみなさんお褒めになっていらっしゃいましたわ」

メイドさんも、ニコニコして仕事に戻っていきます。

ああよかった。急にお腹すいちゃった。お皿の料理、もりもり食べます。

「シン様、お口が……」

セレアがナプキンで口を拭いてくれます。

「セレア」

「はい」

「キスしていい？」

そっと抱き寄せて、しちゃいました。

☆彡

十一歳になった僕たちは、本格的に公務の開始です。

「セレアも『前世知識』ってやつを使って本格的にやってみようよ。ヒロインさんに負けてらんない」

「うーん、私あんまり学校に行けてませんでしたし……」

「ずーっと病院にいたんだっけ」

「はい」

「だったら病院のことは詳しいよね！」

「そうですね！」

僕の姉上は先進国のハルファに留学して、帰ってから国内に病院と養護院を設立しました。建物は既存の建物の再利用ですが、これを受け継いで監督するのが僕に与えられた最初の公務になります。もちろん病院は厚生大臣、養護院は教育大臣がいますので、僕が前面に出るわけじゃありません。でも問題があればそれを指摘し、改善させることができます。姉上から受け継いだ僕のライフワークになりますか。セレアはずっと病院に住んでいたようなものですから、きっとその知識は役に立ちます。

まずは養護院です。実際に人命を左右する病院のような現場は荷が重いと思いますので、まずは養護院のような厚生施設から始めるのがいいでしょう。僕らもまだまだ子供ですし、子供目線で、改善点がわかるはずです。王子と王子妃（予定）の視察、ということではなく、僕もセレアも平民の服を着て、養護院の関係者の子供という形で身分を隠して訪問します。

「僕は院内を見回るけど、セレアはどうする？」

「私は子供たちと遊んでいます」

うん、それがいいね。やっぱり子供たちから直接話を聞かないとね。院長に案内され、一通り、院内を見て回りました。ちょっと不潔な感じがしますね。暗い感じがします。

「このように子供たちは規則正しく、自分のことは自分でできるように役割を決めて共同生活をしております」

院長はそう言いますが、問題はまだまだ山積み。養護院制度は始まったばかり、その運営は手探りの状態です。子供たちのところに戻ると、セレアがみんなと一緒に床に座って、トランプをやってましたね。

「ページワン！」

「ストップ！」

わあー、きゃはははって、子供たちの笑顔が弾《はじ》けます。楽しそうです。

「セレア、そろそろ行くよ。会議」

「あ、は一い」

「ええ――――！」

子供たちからブーイングですわ。ぱんぱんと手を叩《たた》く院長先生の指示で、子供たちも解散です。

「はいはい、お休み時間は終了だ。みんな役目に戻って！」

「おねえちゃん、また来てね――！」

「うん、また来るからね！」

かわいいですね。


院長と、上級職員数名で職員室で会議を始めます。

「まず院内が暗いですね。壁紙を張り替えて明るくしましょう。カーテンも取り替えたい」

「そうですね」

「昼間にはちゃんと全部のカーテンを開けて院内を明るくしてください。閉め切ったままではよくないと思いますね……」

「はい」

「窓も開けて空気を入れ替えましょう。こまめにやってください」

とりあえず今すぐできることから、気が付いたところを言っておきます。

「そうですね。子供たちが臭《くさ》いです」

いや、ちょっ、セレア？　いくらなんでもそれは……。

「も、申し訳ありませんセレア様、次回はそのようなことがないように……」

院長が慌てますね。

「いえ、そういう意味ではないんです。臭いということは、衛生状態が非常によくないということなんです。子供のときというのは、免疫もなく、病気への抵抗力も弱いですので、かんたんに病気にかかります。赤ちゃんや子供の死亡率が高いのもそのせいです。だから、子供たちは清潔にさせなければなりません」

「それは、心得ておりますが……」

院長が汗を拭きます。

「まずですね、子供たちを日中と、寝るときに着替えさせてください」

「夜具ですか」

「はい、いつも同じ服を着てるとそれだけで皮膚病にかかります。着の身着のままで寝かせるということがないように。着替えを用意して、服は洗濯して着られるように何着か用意してあげてください」

「そりゃ用意はしたいですが、何分予算が……」

「それから、子供たちを毎日入浴させてください」

「入浴！」

「今はどうしていますか？」

「週に一度タライで体を洗わせておりますが」

毎日入浴ですか。それって王族並みですよ。市民ができる贅沢《ぜいたく》じゃありませんね！　セレアの先進性って、なんかすごいな！

「頭も洗って。子供たちにはこの清潔、ということが大変重要です」

「でも一人一人を入浴させるのは大変な手間で……」

「大きな浴場を建設したいですね。大人数で一度に入れるような」

「浴場ですか。薪とかの燃料も大量に使うことになりますが」

大浴場になりますね。大昔、そういう文化を持った大国があったそうですが。実現できないことはないと思います。燃料についてはあてがあります。

「それについては、陛下に話してみます。わが国でも石炭を採掘するようになりましたので、そちらの燃料を回してもらえるように考えてみましょう」

産業大臣が石炭の採掘に最近力を入れてますからね、市内にもだいぶ流通してきましたよ。

「風呂の建設、大臣にかけ合ってみるよセレア」

「それにしても入浴ですか……」

「入浴と、歯磨き」

「歯磨きも！」

「食後の歯磨きを三食ごとに、必ずやらせてください」

セレアが力説します。

「子供の時に、どうせ生え変わるんだから乳歯が虫歯になってもかまわないって考えている人がたくさんいるんですけど、それは違います。生え変わった歯にも悪いんです。あとで乱杭歯《らんぐいば》になりやすいんです。一生使う歯なのにそれではかわいそうですよね」

「なるほど……」

「衛生管理を徹底して、お食事の前には必ず手を洗わせるように。食後には歯を磨かせるように、必ずやらせるようにしてほしいです」

「子供たち全員にやらせるには、やはり人手の問題がありますね……」

どうしよう、人手、人手……。やってくれそうというと、教会かな。

「教会に派遣してもらいましょうか？」

「教会ですか？」

「はい、教会の修道士、修道女の方に来ていただいて、奉仕活動としてこれをやっていただくというのはどうでしょう」

「うーん……どうでしょうねえ……」

「僕が司教様にかけ合ってみます」

みんなびっくりしますね！　下っ端を飛び越えていきなりトップに相談できるのも、王子の特権ってやつです。有無を言わせず利用させてもらいましょう。

「それと、子供たちを規則正しく働かせるだけでなく、遊びの時間も作ってあげてください」

「遊ばせるのですか」

セレアの言うことに職員さんたちが驚きます。いや子供が遊ぶのは当たり前だと思いますけど。

「はい、子供を、ただしかりつけて言うことを聞かせるだけでは、自分で何も決められない大人になります。子供たちは子供同士の遊びの中で、ルールを守って遊ぶこと、守らなければ嫌われてしまうこと、競争心と、それとともに人を思いやり、自分だけが勝てばよいわけではないことも学びます。遊ぶということは全員が幸せになることです。自分だけ面白ければいいわけじゃないことが理解できます」

たしかにね。そんな経験もない人間、将来犯罪者になっちゃうよね。

「うーむ、それはそうなんですが、預かっている子供を税金で遊ばせるというのは市民の理解が得られますでしょうか」

ケチ臭いことを言わないでくださいよ。

「そのような差別意識があるからそういう考えになるんですよ。養護院の子供たちだって僕らと同じ、等しく子供です。まずその考えから改めてください」

……大人たちが一様にバツが悪そうにしますね。養護院をあずかる職員が、まず差別意識を持っていてはダメでしょう。それと、セレアにも言われていたことを僕からも言っておきます。

「あと読み書き、四則演算は最低、習わせてください」

「勉強ですか！」

「はい、それができずにだまされて、お金を取られて一文無しになったり、ひどい条件で働かされたりして親が貧困し、結果、子供が孤児になります。市民の労働条件の改善は、まずは教育からです。

それは僕から教会に頼んでみます」

「はあ……養護院の子供に教育ねえ……。無駄にならなければよいのですが」

あんまりいっぺんになんでもかんでもやらせられませんので、これぐらいかな。

「しかし正直驚きました……。殿下も、セレア様も、大変な見識をお持ちです。この養護院創始者のサラン様もびっくりなさるのではないでしょうか」

「その仕事を僕が受け継ぐんです。今後は僕らのことを、十一歳の子供だと思わないようにお願いしたいと思います」

「そうさせていただきます」

これ、教会に了承させました。教育大臣に僕からよく意見して、理解してもらい教会に同行してもらいました。司教様相手に「教会は非営利の慈善団体ではないのですか」「教会は常日頃、女神様の名の下に平等をうたっていらっしゃいます。養護院の子供も等しく神の子です。まずその子から平等に愛さねば教えに反するのではないのですか」、という建前をヌケヌケと前面に押し出して、ノーが言えない状態にまで追い込んでやりましたよ。王子という立場も上手く使えばけっこうゴリ押しがききますね。

国王陛下の執務室に直接押しかけて、直訴もします。王子ですからね、なんの遠慮が要りますか。セレアと二人で、訪問します。ちょっとズルいかもしれませんね。陛下もかわいいセレアの前で、これに公然と難色を示すってわけにいきませんから。

口頭でなく、ちゃんと文書にして改善点のリストを渡します。

「……ずいぶんカネのかかる話だが、これをやりたいと？」

「はい」

「大臣にも教会にも、話は通してあると？」

「はい。ですが子供の意見ですから誰も取り合ってくれません。どうしても『国王の了承をもらってこい』という話になりますから」

　これもまたズルい言い方ですが、利用させていただきますよ、父上。

「どのような成果が見込めるか？」

「街から路上生活を強いられるような子供や大人がいなくなります。貧困が解決し、犯罪者になるものも減るはずです。全部とは言いませんが」

「養護院の子供に教育か。もっと優先すべきことがあるのではないのか？」

「いえ、逆です。『養護院でさえ、これぐらいの教育はしている』ということが市民の意識を底上げすることになるのです。養護院の子供たちからのほうが始めやすいし、よき前例になるでしょう」

「十数年後の先を見越しておるのだな？」

「はい。いずれは国民すべてが読み書きができるようにするのを最終的な目標にすべきだと僕は考えます。」

　陛下、感心してくれますね。

「よかろう。これを元に大臣らに指示をする。予算も捻出させよう」

「ありがとうございます！」

セレアと二人で頭を下げます。

「王宮にとどまらず広く見分を広げるその方らの働きに感謝する。これからも余の目に成り代わり、臣民の力となれ。期待しておる」

「お言葉、肝に銘じます」

☆彡

一か月後、養護院に大浴場ができました！　僕らも石炭を満載した荷馬車と一緒に訪問します。

「セ、セレア！　なにそのかっこ！」

「子供たちを洗ってあげようと思いまして」

「一緒に入る気？」

「はい」

職員さんと風呂に石炭をくべて、風呂場に湯加減を見に行きますと、セレアが裸にエプロンだけして更衣室にいるんですよこれが。子供たちと一緒に！

「シン様も入ってください」

「いや僕はいいよ！」

「石炭で真黒ですよ。臭いですし」

そう？　そうかなあ？

お湯加減、いいですね。ちょっとぬるいかな。もうちょっと石炭くべるか。一回の入浴でどれぐらいの石炭を消費するかも記録しておかないとね。ちゃんと秤《はかり》で量ってから放り込みます。

「あとはやっておきますよ殿下。どうぞお戻りください」

「じゃ、お願いします！」

職員さんにあとは頼んで、僕も浴場に行きます。セレアが石けんだらけになって子供たちをみんなごしごし洗ってますね。裸にエプロンなんだから大事なところは隠れてますが、かえってやらしく見えちゃうのはなんででしょう。

僕も、セレアと一緒に子供たちを洗います。セレアは女の子。僕は主に男の子をね。

垢《あか》すげえな……。泡が立たないよ。まずお湯に浸《つ》けこんでふやかさないと。

子供たちを清潔に、毎日入浴させることってのがどれだけ大事か、わかるような気がします。

ざばーって、お湯をかけて石けんを流して一人、おしまい。

「兄ちゃん男だろ――！　タオル取れよ！」

「なんで隠してんだよ！」

いいじゃないのそれぐらい。僕にだって事情はあります。

いやだってセレアが裸でそこにいるんだから……。おしりとか、ちらちら見ちゃうし。

「ロリコンだー！」

「あぶねーやつだー」

まってまってまって。十一歳の僕をロリコン呼ばわりしてどうすんですか。とんでもない言いがかりですよそれ。子供の相手って大変ですね。

すみません職員さん。これ毎日やることになっちゃって。

子供たちがみんなお湯につかって、真っ赤な顔して出ていきます。

「さ、シン様、最後ですよ」

「いやいいよ！　自分で洗うから！」

「お顔がまだ黒いですよ？」

「えっそう？」

セレアが体を洗ってくれます。エプロンの隙間から白い肌にピンク色のものがちらちらして、どうしても見ちゃいます。あー、ダメだ。タオルがぴょこんって持ち上がっちゃいました。

「……」

「な、なんかゴメン」

セレアの顔が真っ赤です。

「……セレアはさ、赤ちゃんって、どうやって作るか知ってる？」

僕の体をこするセレアの手が止まります。

「あ、知ってるんだ」

「知りません！」

「いやその顔は絶対知ってるね」

「知らないです！」

「おませさんだなーセレアはーっ」

「バカ！」

怒っちゃって、ざーってお湯をかぶって石けんを流してから、お風呂場を出ていっちゃいました。

一人で体を洗います。

……それにしても、僕のこれ、どうしたらいいんでしょうね。

今度、シュリーガンに聞いてみましょうか。

☆彡

お休みの日、ひさしぶりに公爵別邸を訪問しますと、セレアがなにか部屋で書いていましたね。なんだか演劇の台本みたいなんですけど。

「なにやってるの？」

セレアが顔を上げて楽しそうに答えます。

「紙芝居を作ろうと思って。子供たちになにか喜んでもらえるようにって。物語をフリップで語っていく娯楽なんです。私の祖父の代には人気があったらしいですね」

絵本を読み聞かせるのと似ていますね。恥ずかしながら僕らの国では識字率がまだまだ低いですので、親でも子供に絵本を読んであげるということができません。そのため子供向けに本を出版するという需要がなく、貴族、富豪の子息向けにごく少数があるだけで、絵本は高価です。養護院に置けるものじゃありませんね。セレア、発想がすごいですよ。

「へえ、セレアはどんなのやるの？」

「『たいやきくん、およげ！』をやろうと思って。私の国で人気のあった童謡が元なんですよ」

……たいやきくんってなんでしょうね。

「それってどんなの？」

「たいやきくんが毎日毎日、鉄板の上で焼かれているんですけど」

「まって、それ子供にしていい話？」

いきなり地獄の責め苦ですよねそれ。

「童謡から創作してます。子供向けの話ですが」

「拷問じゃない……。どういう童謡なんだか、それで？」

「そんな生活がイヤになったたいやきくんは、自由を求めて逃亡し、つかのまの自由を満喫します」

「そりゃあイヤになるよ……。『つかのまの』ってのがイヤな予感しかしないんだけど、それ最後どうなっちゃうの？」

「自由にうかれていたたいやきくんは、うっかりわなにかかってつかまってしまい、やっぱり自分はたいやきなんだと思い知らされて、最後は食べられちゃいますね」

「アウトアウトアウト！　そんな話、子供たちには絶対聞かせられない！」

バッドエンドでしょ。悲劇ですよね!?

「セレア、どの子も、ひどい親やひどい仕事場から逃げ出して養護院に入った子供がいっぱいいるんだよ？　けっきょくつかまって殺されるなんてそんな救いのない絶望的な話、養護院でやるなんてダメすぎるよ！」

「うーん、言われてみればそうですね……日本では人気あったんですけど」

なんか僕、セレアの深い闇を見たような気がします。そんなお話が大人気になる日本って、いったいどんな国ですか。

「たいやきって奴隷か家畜なわけ？　悲しすぎるよ。もっと夢がある違う話にしようよ」

「じゃあ、『はやぶさくんのおつかい』にしましょうか」

「いいね。タイトルだけだとファンタジック。それどんなお話？」

「お使いを頼まれたはやぶさくんが、とちゅう様々なトラブルにあいながらも、知恵と勇気で危機を何度も乗り越えて、お使いをはたして帰ってくるっていうお話です」

「すばらしい！　そういう話だよ、子供たちに聞かせてあげたいのは！」

それだったらまあ童話っぽくていいと思いますし！

夢中になって机でお話を書いています。邪魔しないほうがいいでしょうね……。

来週は病院を視察する予定です。僕はセレアに聞いた病院のことについて、テーブルの上でまとめます。時々わかんないことがあったらセレアに聞きます。なんでも詳しいですよセレアは、病院のことならば。

興味深いのは「カルテ」ですね。一人一人の患者さんについてノートを作って、診断、治療の記録をするそうです。これ、お医者様は日記か帳簿のように一冊の帳面に書くのが普通なんですが、それだと病院のように多くのお医者様が集まって仕事をする場合、お医者様同士で、過去どういう治療をしてきたかがわかりません。患者さんに聞いても、過去どういう病気にかかったことがあるか、どんな治療をしてもらったか、なんの薬をもらったかがわからないことが多く、結局その場その場の診療になっちゃって、長期にわたっての治療ができていません。患者さん一人に一冊のカルテを病院に置いておき、一生保存しておくんです。患者の数だけノートが必要になりますけど、確かにこっちのほうがいいと思います。すごいこと考えるなあ。

あと、細菌感染、消毒の概念について。目に見えないほど小さい生物によって病気が起こる！……これ、信じてもらえるんでしょうか。やることは基本的に煮沸、つまりお湯でなんでもぐらぐら煮ることとですが、手当てで消毒に一番いいのはアルコールなんだって！

要するにお酒です。お酒のよっぱらい成分が消毒に効くんだとか。飲みもしないお酒を蒸留して大量生産することになりますか。酒造所でやってくれるかなあこの仕事……。

いや、まずデータを取って、有効であることを証明しないとダメです。そういう実験、数値化できるようにやってもらわないといけませんね。

ドアがノックされ、ベルさんがお茶とお菓子を運んできてくれました。

二人とも机やテーブルで一心不乱に書き物をしていましたんでね、ベルさんがびっくりです。二人で遊んでると思っていたんでしょうね。

「凄いですね……。勉強していらっしゃるんですか？」

「勉強じゃないです、公務です」

「お二人、本当に十一歳なんですか……？」

「負けられませんので」

「誰にですか……」

☆彡

さあ、いよいよ病院訪問です。

混んでいますすね。今まで病気でもお医者様にかかることができなかった人がたくさんいますから、病院ができて、国費の補助で誰でも診てもらえるようになっただけでも画期的ですよ？　貧乏人がお医者様を呼んだって、そもそも来てもくれませんから。

病院を設立することによって、各家を回って一日四、五人しか診療できなかったお医者様が、一日二十人以上診療できるようになったんです。姉上の功績ですね。でも仕事場でケガして包帯を巻いて血止めをしただけの人が、病院で診療の順番を待っているなんてことがあるんです。これはいけませんね。改善しないと。

診療時間が終わってから、医師と職員を集めて全員で会議します。

院長先生、お医者様が五名、看護婦さんが十五名。まだ少ないですね。人をもっと増やさないといけませんが、その前にまず効率化です。

「病院内を分けて、分業にしてください。最低でも、外科、内科、救急の三部門に」

「げ、げか……？」

「ケガとか骨折とかが外科、風邪とか腹痛、発熱とかが内科です。包帯巻いたり傷口縫ったり手術するような治療が外科で、お薬を出すのが内科って感じで分けて。お医者様とは言っても、それぞれある程度、得意なことというか、専門がちがいますよね」

「そうですね」

「担当を決めて、患者を受け付ける窓口を作って、どんどんわりふるようにしてください」

「確かにそのほうが効率的ではありますな」

院長先生が感心してくれますね。

「救急というのは？」

「ほうっておくと死んじゃう、すぐ治療をしなければいけない人を最優先で受け付けてすぐ治療にかかれる部門です。血が出ているのに並ばせて待たせておくなんてことがないように」

「ふーむ、確かに有効そうです」

次にカルテについて説明します。

「いや、それは無理でしょう！　医師によってもやり方が違いますし、自分の技術を他の医師にも教えることになります。医師はみんな反対しますよそれ！」

若いお医者様でも反対します。あーそうか。それでお医者様は嫌がるんですね、記録を見せ合うのって。

「……それは『人の命を救う』ことに比べればささいなことだと考えを改めてもらうしかないですね。

よりよい治療方法を全員で共有する、そうして医療技術を向上させることでより多くの人を救うことができます。いい治療方法やお薬があるのに、それを教えず独り占めしていたせいで、犠牲になるのは市民です」

「……」

「まず導入してください。そして効果を実感してください。お願いします」

みんないい顔しませんね。こんなところに壁があるとは思いませんでした……。

「医術は一人のものじゃなく、僕たち人類の共通の財産であると思ってくれませんか？　みなさんだって、なんでも自分で考えたものだけじゃなくて、師匠たる人に大半を教えてもらって医師になったはずです。知らなかった治療方法を教えてもらって、誰かを救えたことはありませんか？」

「……ありますよ」

「だったら、お願いします」

そう言って、頭を下げます。セレアも一緒に頭を下げてくれます。

「わかりました。殿下にそこまで頼まれたら私たちもイヤとは言えませんし」

よしっ、とりあえず今日の課題は通せそうです。

ここで交代して少しセレアにも説明してもらいます。

「病気の予防と治療ですが、病気の大半は、目に見えないほど小さい生物、『微生物』によって起こるということはご承知でしょうか」

「ああ、そういう研究をしている者がいます。まだ広く認められているわけではありませんが、よくご存じですね！」

先生たちがびっくりしてますね。

「おそろしいのは感染なんです」

「確かに人から人に移る、感染する病気は多いですが……」

「病気というのは、大半が細菌やウィルスっていう微生物によって起こります。病気がうつるというのはそのせいですね。人間の目には見えない小さい生物が、体内に入り込んで増えるんです」

「そういう研究をしている変わり者がいないわけじゃないんですが、王室でもその説を支持しているとは驚きですね……。本当にそんなものがあるとお考えですか？」

国内でもそういうものを研究している人がいるんですね。一度話を聞いてみたいと思います。

「はい。食中毒など、同じものを食べた人たちがいっせいにお腹をこわすなんてのは全部この細菌が原因です。くさったものを食べるとお腹をこわす、食べ物をくさらせているのは細菌なんです」

みんな半信半疑って感じです。

「病気の感染を防ぐには、こういう細菌を殺菌する必要があるんです。たとえば手術道具でしたら、必ず洗って、煮沸してから使ってますよね」

「はい、腹を壊すような生水でも煮沸することで飲めるようになるのは経験的に知られていますからね、同じです」

「一回の手術ごとにやるようにしてください。患者さんの間で使いまわしはしないように。人の体に入れるものは全部です」

「いやはや……。予備の道具が大量に必要になりますよ」

これは僕からも言わないとダメかな。

「必要なことです。ちゃんと予算を組んで購入しましょう」

消毒の必要性については、セレアが別にアイデアを持ってますので話してもらいます。

「煮沸できないもの、たとえば傷口とかに一番いいのはアルコールです」

「アルコール……」

「強いお酒に入っている酔っ払い成分ですね。傷口にかけると、あとで膿《う》んだりするのをあるていど防げるというのは、知られていると思いますが」

「はあ、確かに戦場ではそのような手当てもするらしいですな。気休めのようなものですが」

「気休めじゃないです。確実に効果があります。アルコールは細菌を殺す効果があります。お酒に漬けると果実とか食べ物ってくさらないですよね。それと同じです。人間の体も化膿《かのう》させないようにできるんです」

「お酒ねえ……強いお酒は高いですからねえ」

お金の話は、僕の担当ですね。セレアから引き継いで説明します。

「まず手近なところから、安いお酒で始めてください。アルコールが感染予防に役立つというデータが取れれば十分です」

「データですか」

「こういうのは反対したり、必要ないとか言う人が必ず出てきますけど、そういう人たちを黙らせることができます。実際にこれが効果があるということをデータで証明する必要があるんです」

「はあ、なるほど……」

「それをなんとか、やっていただければと思います」

「はい、わかりました。効果があるか検証してみます」

「それができれば、アルコールの増産、説得できると思うんです。お願いします」

「もったいなくて飲んじゃう医者がでそうですな」

お医者様の一人が言うと、みんな、笑います。いや真剣にやってよ。お願いだから。

「しかし驚くことばかりです。お二人、本当に十一歳なんですか？」

「最近はどこ行ってもそう言われますよ……」

病院を出るとびゅうびゅう風が吹いて、黒い雲がもくもくわいて、嵐が来そうです。ゴロゴロ雷も遠くで鳴っていますので、シュリーガンの御者で馬車を急がせて王宮に戻ります。

雷と共に大雨になりました。

「うひゃー、こりゃもうダメですな！」

シュリーガンと僕とセレアで王宮に駆け込むと、メイドさんも、セレアのお迎えをしてくれます。

「仕方ありません……。セレア様も、今夜は王宮にお泊まりください」

夜、ゴロゴロ、ガラガラ！　って雷がすごくなりました！

僕の隣の部屋、前に姉上が使っていた部屋で、セレアが寝ているはずです。

セレア怖がっているかな？

ぴしゃっ！　がらがらがら、どーん！

すごく近くで雷が鳴りました！　こ、怖がってるよねセレア、絶対怖いよねこれ！

枕を抱いてセレアの部屋をノックします。「はい、どうぞ」って返事来たので入ります。

「シン様、どうしました？」

「い、いや、あの、カミナリすごくて、セレア、怖がってないかと思って」

ドーン！　ガラガラガラガラ！　ゴロゴロゴロゴロ！

「い……いやその」

セレアがカーテンを開けて、ふわふわのネグリジェ着て、ベッドに座って窓から雷をながめていました。

「セ、セレア、カミナリ怖くないの？」

「怖くないですよ？」

「なんで!?」

「雷って、雲の静電気が落ちる自然現象なんです。ほら、毛糸の服を脱いだりしたときや、ドアのノブに触るとぱちぱちってなりますよね。あれの大きなやつなんです。悪魔が落としているとか神様が落としているとかいうわけじゃないですから」

前世知識すげえな！　カミナリも怖くないなんて！

「シン様はカミナリ、怖いんですか？」

「父上のカミナリは怖いけどさ……」

ドンガラガッシャーン！　ゴロゴロゴロゴロ！

思わずしゃがんじゃいました……。

セレアがベッドをポンポンと叩きます。

「いらしてください。今夜は一緒に寝ましょう」

「え、い、いいの？」

「はい」

おそるおそる、セレアのベッドにもぐりこみます。一緒に布団をかぶります。セレアがふんわり、胸に抱きしめてくれました。やわらかくて、あたたかくて、ミルクみたいな甘い、いい匂いします。

たっちゃいました。僕いろいろだいなしな気がします。

☆彡

今日は例のアルコールの量産について、本格的に動き出そうと思いまして、病院の院長先生と僕で、酒造組合を訪れます。

セレアは子供たちの慰問で紙芝居をやるそうで、さっき養護院まで送ってきました。

「こりゃまた、まだ未成年の王子様が酒造所なんかをご視察とはどういうご用件ですかね」

酒造組合のマスターにお話を聞いてもらいます。

強めのお酒、要するに蒸留酒で消毒をする。これ、病院でやりましたら、たちまち効果が出ましてね、特にケガの治療で術後の経過がとてもよく、完治までの時間が大幅に短縮されました。傷口が膿んだりするケースが半減したんです。院長先生も驚いていましたね。

「それで、下世話な話になるのですが、経営が傾いてる、廃業しそうな酒造所がありましたらご紹介いただきたいのです。お酒ではなく、医療用のお酒、いや、アルコールを製造してもらえそうな、蒸溜設備のある場所で」

「そういうことでしたら、バルカンの酒造所がいいでしょうな。国で一番強い酒を造ってやろうって芋の酒を試験的に造ったけど、度が強すぎてさっぱり売れず困り果てていましたよ」

「どういうチャレンジ精神ですか……」

「……職人ってのは誰だって、一番になりたい、商売抜きで最高のものを作りたいってのがあるんですがね、やりすぎましたな」

そういうのは「おいしいお酒」でがんばるべきでしょう。やりすぎる方向が間違ってます。僕の目的からすると今はそこ、ありがたいんですが。

紹介されたバルカンの酒造所に行ってみました。

「うちは味ではどうしても有名酒蔵に勝てませんでね、いっそのこと、味なんてどうでもいい、酔っぱらえればなんでもいいって客相手に思い切り強い安酒を売ってやれ！　って思ったんですが、大失敗でしたな。そんな酒でもいいから買いたいなんてやつはいませんでしたわ。はははは……」と言って酒造所オーナーのバルカンさんが苦笑します。

匂いがすごいんですよこの酒造所。いったいなにからお酒造っているのやら。

「どれぐらい、売れ残りました？」

「六百本」

「それ、王室で買わせてもらえませんか？」

「ええ！　なんでまた！　いや、そりゃそうしてもらえれば最高ですが、こんな貧乏人向けの安酒を王家がなんで」

「飲むんじゃないんです。病院で使いたいんです」

そう言って、院長先生にも説明を頼みます。アルコールが消毒に使えること。ケガの経過が非常によくなること。確実に効果が上がること。純度の高いアルコールが医療現場で大量に必要になること。

「ホントですかいそれ!?」

バルカンさんもびっくりですね。

「戦場で強い酒で傷口を洗うと早く治るって話、聞いたことありませんか？」

「あるけど、迷信だと思ってましたね」

「医療用ですから、ある程度の量を作れればいいんです。その売れ残りのお酒六百本を、もう一度蒸留してさらにアルコールの純度を高めてほしいんです」

「ふむふむ」

「味はどうでもいい、むしろ味も香りも邪魔です。なんとか無味無臭で作れるといいんですが」

うーんってバルカンさんが考え込みます。

「匂い取りには炭なんですよ。炭でろ過するとひどい匂いもかなりマシになります。やりすぎると味が無くなっちまいますが」

「いいですね、それやりすぎるぐらいやりましょう。これなんで作ってるんですか？」

「ジャガイモとサツマイモ、麦」

「お酒ってそもそもどういう作物から作るんでしょう？」

「でんぷん質を含むもの、あと糖度が高いものですね」

ふーん……。

「お酒として飲むわけじゃないので、売り物にならないクズ野菜や果物、廃棄するなにかの搾りかすなんてものからも作れればいいんですが」

「俺ら酒造職人の間では、それだけはやっちゃダメだというやつがありまして」

「なんでしょう」

「砂糖大根《ビート》の搾りかすです。砂糖を煮出したあと大量に残るんですが」

「それで発酵酒が作れるか、実験してみましょうか！」

さすがにバルカンさんがダメダメという顔をします。

「王宮で全部カネ出してくれるって言うんならやりますがね、それをやったらうちはもう完全につぶれます。バレたら酒造組合からも追放です。いくらなんでもお断りです」

「……これでも王子ですよ。国王と大臣に許可を取ります。資金も」

「うちに医療用アルコール専業酒造所になれとおっしゃるんで？」

「分社しましょう。国で株を買って、アルコール試験場みたいなものを作って、国営でやらせます。酒造所も立て直せると思いますが、どうですか？」

「そりゃすごい！　こっちだってそれなら文句はありませんや！」

とにかく王室の御前会議で、取り上げてもらうよう頼んでみましょう。

馬車で養護院に寄ります。セレアが子供たち相手に紙芝居やってるんだっけ。たしか、『はやぶさくんのおつかい』だったかな？

……そっと大部屋まで行って、覗《のぞ》いてみます。

「こうして最後は大気圏に突入して、燃え尽きてしまったはやぶさくんですが、二つの流れ星の一つは、消えることはありませんでした。秒速十二キロメートルで放出された帰還カプセルは、炭素繊維の断熱カバーに保護され、大気圏突入時の一万度を超える猛烈な摩擦熱にも耐え抜き、彼が小惑星イトカワから採取した微粒サンプルを、確かに私たちに届けてくれたんです」

ごめん、ちょっとなに言ってんのか一言もわからない。

「七年間、六十億キロもの長い旅をしてやっと地球に帰ってきたはやぶさくん。カプセルを放出し、役目を終え力尽きようとしているはやぶさくんに最後に与えられた指令は、地球の撮影でした。その最後の画像は、涙でにじんだように、途中で途切れてしまいましたが、はやぶさくんは確かに、生まれ故郷の地球をその目で見ることができたのです……」

ねえなんでそんな話で子供たちが号泣してるの？

王宮に戻って、また国王陛下の執務室に直訴に行きます。

「効果はあったと、はっきり言えるのだな？」

「はい！　データはそろってます」

「ふむ……。その売れ残り六百本の酒の購入、蒸留をやり直させる。そこまではやってよい。その上でアルコールによる消毒の手法、完全に確立せよ」

「はい！」

よかった！　これで消毒用アルコールが、病院の分は確保できます！

「今許可が出せるのはそこまでだ。事業化は各大臣との合議になる。三日後に御前会議がある。そこで取り上げよう」

「ありがとうございます」

「ただし、それを提案するのはお前だ」

「はい？」

「シン、お前が御前会議に出席し、各大臣を説得してみせよ」

うわあ、いきなり大役きました。

王子とはいえ、十一歳の僕が御前会議に出席して、大臣たちを説得ですか……。

「もう結婚しているのであろう。妻を養っていけるだけの仕事をせよ。子供扱いはせぬ」

「……わかりました」

院長先生に、データの束をもらって帰ってきました。

……部屋に戻って、ずーっと考えこんじゃいます。子供の僕が、いったいどうやって大人の大臣たちを説得していくか。なっとくさせて、国のお金を投資させる許可をもらうか。大問題です。

「……セレアのマネしてみようか」

「私の？」

「フリップを使って、紙芝居みたいに資料を次々と見せて、説明するの」

「いいですね！　私も絵を描くの、手伝います！」

そうして僕は、病院に行って実験データをまとめてもらったり、バルカンさんの酒造所で発酵方法や、蒸留の方法を教えてもらったりしていっしょうけんめい資料を作りました。僕がノートにいっぱいメモして、セレアが病院の治療のようすや酒造所の蒸留器のスケッチをして、戻ったら二人で資料作り。勉強や、訓練や、ダンスの練習の合間にやるんですから、夜、寝る前の時間も使ってもう必死ですよ。セレアも屋敷に帰らないで、王宮に一緒に泊まり込んで、クレヨンで絵を描いて手伝ってくれます。朝、だらしなく二人でじゅうたんの上で毛布かぶって寝ちゃってるのをメイド長に見つかって怒られちゃいました。

「寝るんだったらちゃんとベッドで寝てください！」

え、それいいの？

☆彡

いよいよ御前会議です。

僕、最後ですね。会議室前のソファで、セレアが隣で僕の手を握って、はげましてくれます。

「殿下、お時間です」

官吏から声がかかって、いよいよ僕の番。スケッチブックを持って立ち上がります。

「シン様、がんばって！」

「まかせて！」

そうは言っても本当はいっぱい緊張しています。大きな扉が開いて、御前会議室に入ります。大きな机の正面に父上、国王陛下がいます。並んで左右の椅子に座っているのは各大臣。公爵家などの上級貴族の重鎮も。みんな、驚いていますね。父上は真顔で、厳しく僕をにらんでいますが。

「本日はお話を聞いていただく機会をいただきましてありがとうございます。サラン姫の後を継いで、病院、養護院の監督をさせていただいているシンと申します。どうかよろしくお願いします」

頭を下げて礼を取ります。

「面を上げよ」

陛下の許しをもらって頭を上げます。

「今日はどのような用向きか」

「病院の衛生管理について、有益な手法の確立と、それに必要な物資の生産をご提案いたしたく」

「許す。はじめよ」

「はい。えー、みなさんは、戦場でケガをしたら、強いお酒を傷口にかければ治りがよくなる、という話を聞いたことがありますか？」

消毒による効果、それはお酒のアルコール分によるものであると。病院で実験をしたところ、効果があり、ケガなどの術後の経過を見るに、半数以上が症状の悪化等を防ぐことができたこと。病院だけでなく、養護院でも調理を行う現場でこれらの消毒作業を行うことで食中毒の発生などを防ぐことができること。お酒でやるのは効率が悪く、高価でもあり、安く作れる高純度のアルコールが必要なこと。

高純度のアルコールはお酒を造るのと同じ工程で作れること。飲むことを目的としていないので、安い作物、商品にならないクズ野菜や果物、砂糖大根の搾りかすなどからも作れ、資源の再利用にもなること。既存の酒造工程で製造が可能なこと。これを事業化し、大量に生産して国民の衛生状態を向上させることができること。医療薬剤として確立されれば、将来はわが国の輸出産業に成長させることも可能なことなどを大きなスケッチブックをめくりながら説明します。

セレアと僕がクレヨンで描いた、ちょっとヘタだったり上手だったりする絵や、少し怪しいグラフだったりして途中で笑われたりもしましたけど、

「医療にアルコールか……。いやはや、たいしたものですな」

「独力でよくそこまでまとめられました。お見事です」

「とても十一歳の見識とは思えぬ……。いや失礼、それは本当なのですかな？」

「高純度のアルコールで効果があるかはさらなる研究が必要になると思います。今すぐにやるんだというわけではないんです。ただ、王室で動かせる以上の資金が必要になりますので、あるていど先行投資を認めていただけないか。さらなる効果が認められれば、この先の投資にめどがつくと思いまして」

「それらは厚生大臣である私の管轄だが、作物の調達は農政大臣、酒造については産業大臣の管轄となるが」

「しょうちしています。なので、ぜひお三方のご協力が得られればと思います。国民の命を救い、ケガの治療をよりよきものにし、病気の予防にも必ずや役に立ちます」

「シン」

「はい」

陛下が厳しく僕を見ます。

「うまくいけば大臣の手柄、失敗すれば王子の失政、それでもよいと申すのだな？」

「はい。そこは大事ではないのです。大切なのは国民の健康と命ですから」

「……陛下、どれだけ我々のことをタヌキと思っておいでですかな？　いくらなんでも十一歳の子供の手柄を横取りしたりはいたしませぬよ」

厚生大臣がそう言うとみんな大笑いしますね。場が和やかになりました。

「純度の高いアルコールが出回ると、それを酒に混ぜて売る不届き者が必ず現れます。法整備もあら

かじめやっておかねばなりませんな」

法務大臣もうんうんとうなずきます。

「医療用のアルコールであって、酒ではない。酒税も見直すことになりますな。これを課税するわけにはいかんでしょう。対象外とできるかね、財務よ」

「そりゃあやりますが、投資でカネは出ていくのに税収にはならないんですからねえ。まいっちゃいますねえ」

文句言いながらも顔は笑顔です、財務大臣。

「ケチ臭いことを言うな。ケガが早く治り病気も防げれば医療費が削減でき、国民の寿命も、人口も増えるというもの。十分元は取れるであろう？」

「わかってますって、早く事業化して、諸外国に輸出できるようにしてくださいよ？　頼みますよ？」

いやあ結局ほとんど全部の大臣さんが関わることになっちゃうんですね。僕、そこまで考えていませんでした。やっぱりみんなすごいです。父上が僕をこの場に呼んだ意味がわかったような気がします。

「では反対はいないのだな？」

「できるわけないでしょう陛下……ズルいですよ。王子を使うなんて」

「違うな。使われているのは余だ。文句があるならシンに言え」

みんな大爆笑します。あー、よかった！　うまくいきそうです。

「シン、大儀であった。下がってよい。あとは大人に任せよ。お前はもう少し子供らしくしておれ。まったく……」

「はい、ありがとうございました」

陛下、自分でやれと言っておいて、僕が無理やりねじ込んだみたいに言うんですよね。政治的なポーズというやつでしょうか。ありがたくそういうことにしておきます。

「そのスケッチブックは置いていけ」

「はい。では失礼します」

御前会議室の扉を開けてもらって部屋を出ると、セレアがいました。

「セレアー！　やったよ！　君のおかげだ、ありがとね！」

セレアを抱き上げて、グルグル回しちゃいます。

「シ、シン様！」

後ろから笑い声が聞こえてきました。

……あ。

会議室の扉、開いたままでした。

☆彡

後日、午後のお茶をしていると、ベルさんが来て、報告をしてくれます。

「ハンス商会は……今や事業を統合して料理店から商会になっておりますが、ブローバー男爵の全面的なバックアップもあって、市内に支店を三店舗に増やし、順調に事業の拡大をしていますね」

「やるなぁ……」

フライドチキンのお店ですね。ヒロインさんも着実に成果を上げているようです。チキンをパンにはさんだ「チキンバーガー」っていう新商品も増えました。人気です。

「来週から新店舗がオープンします。チキンのお店じゃないんですが」

「今度はなんのお店？」

「詳細はわかりませんが、これが驚きなのですが、早朝七時から深夜十一時まで営業の店になるそうです」

「深夜まで！　そんな時間まで営業するの？」

「はい」

そんなお店需要があるんでしょうか？　市民の生活スタイルを変えかねません。すごい発想ですね！

「実験的な営業になるとは思います。市民にすぐに受け入れられるようになるとは思いませんが」

「……いえ、それ絶対に流行ります、きっと」

セレアも驚きながらも、同意していますね。ベルさんが席を外してから教えてくれます。

「それ、コンビニっていうんです」

「コンビニってなに？」

「コンビニエンスストアっていいまして、『便利なお店』って意味になりますか」

「早朝から深夜まで開いてりゃそりゃ便利だろうけど、どういう商品を扱うの？」

「なんでも置いてあります。大量にではなく、少量ずつなんですけど、日用雑貨から食料品まで」

「そんなのそれぞれ、すでにお店があるでしょ」

「いろんなお店を回らなくても、その一店だけ行けばいいのでお客さんは楽になりますよ。せっけん、歯ブラシ、タオル、筆記具や紙のような文房具、お菓子、飲み物、調味料、お酒、お弁当……。なんでもあります」

「そんなたくさんの商品、一つの店に少しだけしか置けないでしょう」

「だからどの商品も専門店みたいに、選べるほど大量にいろんな種類を置いてあるんじゃなくて、どれも数種類の商品を売れ筋だけ選んで置いてあります。それにちょっとだけ高めです」

「そんなの売れるかなあ？」

便利だからって、高くても買うってお客さんがいますかね？

「私の世界では、大流行《おおはや》りしまして、街じゅうコンビニだらけになりました。周りの小売店や商店街を次々廃業に追い込むほど」

「それは……怖いね」

そんなお店、いろいろ問題があるような気がします。

それまでの小売り業が廃業に追い込まれる？　同等のサービスを提供できるでしょうか？　猛烈な競争を呼ぶことになりませんかそれ。しかも売れ筋しか置かない。儲《もう》けられる人がとても絞られてしまうことになります。既存の小売業、商店からしたら悪魔のようなお店ですね。

「それも、ハンス商会の娘、リンスのアイデアってことになるのかな……」

「間違いないです。もし『コンビニ』って呼ぶようになったら、それ私のいた国の言葉です」

ヒロイン、「前世知識」ってやつを使って着実に実績を重ねていることになります。無視できない勢力になりかねません。いや、そうなるつもり満々なんでしょうが。ハンス商会、これからも監視を怠らないようにしなければなりませんね。

「来週、デートがてら、またようす見にいこうか」

「……私ちょっと、怖いかな」

前回ヒロインさんを実際にこの目で見て、僕ら倒れそうになりましたもんね。トラウマにもなりますか……。

僕としては、セレアと結婚しちゃったんだから、もうヒロイン見たって大丈夫だってのを確認する目的もあるんですが、ちょっと冒険になるかな。

「それに来週は、また養護院で紙芝居やる約束、子供たちとしてますし」

「今度はどんなのやるの？」

一応聞いておかないとね。セレアの考えるお話は、僕らの世界だとちょっと異端になりかねませんから。

「『はやぶさくんのおつかい』が好評だったので、次は『月世界旅行』なんてどうかなーて思って」

「それなら面白そうだね。夢いっぱいって感じするし。どんなお話？」

「アメリカのケープケネディから、乗員三名を乗せてサターン5型ロケットで打ち上げられたアポロ11号は、まず地球周回軌道に乗ってから着陸船イーグルとドッキングして月を目指し……」

ごめん、なに言ってんのか一言もわからない。

☆彡

ひさしぶりに街に出ます。今日は一人です。

もちろん僕から少し離れて、シュリーガンが護衛をしてくれています。王子が誘拐されちゃうなんてことはありませんけどね。僕も平民の、子供の労働者のかっこうをしていますから、さらって金になるような子供には見えんでしょ。十一歳の僕が街を歩いていたって、本当は別に危険なことなんてないんです。街に子供たちはいっぱいいますから。主に労働力としてですが。

治安は良好なんです。市内に人さらい、子供の誘拐なんて事件はここ数年はありません。陛下の治世がうまくいっている証拠です。姉上の残してくれた養護院経営によって、街に路上生活しなきゃいけないような子供は激減しましたし。

その一方で、学校に行けず、働いている子供がいっぱいいるっていう現実、これも今後、なんとかしていかなければならない大きな課題でしょう。セレアの言うように、義務教育を制度化して、子供を全員学校に通わせる。今後数十年かけてやらなければならない政策ですね。裕福な平民が通える私立学校はありますが、学校ごとの教育レベルに差がありすぎるのが現状です。

オープンしたコンビニ、閑散としています。商品の種類が少なく、高めなので、わざわざそんな店で買う人もいませんか。まだまだ脅威にはなり得ないようです。

……いや、まっぴるまに来てもしょうがないか。この店の売りは「早朝から深夜まで」ですからね。早朝や深夜、他のお店が閉店している時間帯に来ないと、その本当の流行り具合はわからないのかもしれません。

おそらく発案者であろう、あの子はお店にいませんでした。開店の様子、視察ぐらいには来るかと思っていましたが、あの子も忙しいのかもしれません。

本屋さんに行って、ちょっと恥ずかしいけど恋愛小説を買います。

僕ねえ、どうもそのへんが、ぼくねんじんぽくってですね、いまいち女の子の気持ちとか読み取れない部分がありまして、それは自覚してます。もっとセレアと仲良くなって、イチャイチャしたいんですよ正直言うと。でもどーしたらいいのかよくわかんないんですよね。そこはガキだって言われてもしょうがないです。これはシュリーガンに聞いてもダメですから。アイツ全然モテませんし。

今人気らしい本を一冊買いました。あらすじを見ると、平民の女の子が男爵の落とし子だってことがわかって貴族の学園に入って、そこで、元平民って差別を受けていじめられながらもたくましく学園生活を送り、伯爵のご子息のハートを射止めちゃうって、なんかどっかで聞いたような話です。

……こんなの面白いのかなあ？

新しくできた支店のフライドチキン店はおおはやりです。こちらも、どうやらあの子はいないようです。お店に入りきれないので、外にテーブルや椅子を置き、ちょっとしたカフェテラスになっています。カウンターで注文すると、持ってきてくれるみたいですね。僕もフライドチキンと、果実ジュースを注文して席で待ちます。

うわあ、あまーい！　いや本がです！

パラパラめくると、「愛してるよ……」とか「君の美しい瞳に夜空の星たちが嫉妬している」とか、「君しか見えない……」とか、「優しく抱きしめられてそっと口づけられて」とか、うわぁ……って感じのセリフがいっぱいです。

なんなんですか。こういうのがいいんですか？　僕、セレアにこんなセリフ言わないとダメですか。「君のことは絶対に僕が守るよ」とか、頭抱えます。僕もセレアに言ったことがある覚えのあるセリフが出てくると、やめてくれー！　って思いますわ。

「お待たせしました！」

はっとして前を見ると、あの子です！

ちっちゃいバスケットに注文したチキンとポテトと、ジュースのカップを持って、あの子が立ってました！　透き通るようなピンクの髪！　白い肌、大きな青い瞳と、すさまじくかわいい顔立ち！

……いや、ある程度心の準備はできていましたが、ここで出会うとは。

「……あれ？　君店員じゃないよね。制服着てないし」

とりあえずとぼけます。

「お店の者です、どうぞご心配なく。どうしたんですか？」

「え、どうしたって？」

「なんか様子がおかしかったので。あははは！」

一人で恋愛小説読んでもんもんとしている僕、相当おかしかったかもしれません。大反省です。

しかし前に出会った時みたいに、急激に彼女に心ひかれる、ということはもうないですね。ゲームの強制力ってやつは今は感じません。女神様ありがとうございます。セレアと結婚しておいてよかったです。

僕と同じテーブルで、前の椅子に勝手に座って、自分の分のバスケットとカップも置きます。どうやら僕と一緒に食べるつもりみたいです。

「私もちょうどお昼にしようと思いまして、ついでですし一緒に食べましょう」なーんて言って、ものっすごいかわいい笑顔で笑います。ヒロイン力《りょく》恐るべし。両肘ついて顔に手を当てて、ちょっと顔を傾けてあざといポーズで僕を見ます。

「あ、その本、今大評判の恋愛小説ですよね！　私も読みました！」

うあああああああ。これは恥ずかしい！

「いやこれはさ、これから読み始めようってとこで、まだ最初のページも読んでないよ。ちょっとパラパラめくってただけ」

「許されない身分差の恋物語、素敵だと思いました……」

なんてうっとり夢見がちな、たまらなくかわいい顔で言いますね。このくるくる変わる多彩な表情が見ていて魅力的ではありますが、こうも笑顔の大サービスはどうかと思いますね。ちょっとサービス過剰かな。僕はもうセレアぐらい、控えめなほうが好きになっていますからね。

「貴族ってかわいそうだと思います」

「どうして？」

「本当の愛を知らないまま、結婚することになるからです。親に決められた結婚、家と家の政略結婚、そこに愛はないんじゃないかと」

失礼だな君。政略結婚でも、ちゃんと愛し合っているご夫婦の方はいっぱいいますよ。僕とセレアだってそうなんですからね、なんでもいっしょにしないでよ。

「本当に恋した人と、愛を育んで結ばれる結婚のほうが幸せですよねー！」

「……僕もそう思うよ」

「やっぱり!? そう思います!?」

「うん」

「貴族の方にもそういう考えの人がいたらうれしいですよね！」

なに言ってんのこの子？

「……そんなこと言われても、僕にはわかんないよ」

「そうですか？ そんな私と大して年も変わらないのに、そんな大人向けの本を読んでるなんて、けっこういいところのお坊ちゃんだったりして！」

あっそうか、そうなるか。僕みたいな子供が読み書きできるって、この国じゃまだ珍しいかな。

「……君もこれ読んだって言ってたじゃない」

「辞書を引いて、勉強しながらですけどね」

「僕もそうさ」

「そうですかねー……」

くそ、鋭いな。やっぱり僕が王子だってこと知ってて話しかけてきたとしか思えませんね。このやろう……。

「食べないんですか？　おいしいですよー！　当店自慢のフライドチキン！」

そう言ってむしゃむしゃ、かわいらしく食べます。ジュースの麦わら、咥《くわ》えて吸い込んで。

「なにこの麦わら」

「ストローです。これで吸い込んで飲むんです。知らないんですか？」

「……僕は普通に飲むよ」

ジュースを飲むのに、麦わらをツッコんで、それで吸い上げるとか、意味あるのそれ？　ちゃんとカップを口に当てて飲めばいいじゃないですかそんなの。

「本当は氷を入れたいんです。冷たくするとおいしいですから」

氷なんて冬しか手に入らないよ。手に入るころにはもう冷たいものなんて誰も飲みたくないと思うよ？　氷を作る方法かあ。氷を使う魔法使いもいるけどね、そんな人、こんな大衆店でバイトで雇えないでしょ。とてもな話、今は無理なんじゃないのソレ。

そうしてると、いきなり空いてる席にどかっとシュリーガンが座り込みます！

「お待たせ、弟よ。ほい、お前の分」

そうして開いた紙袋とジュースを僕に寄こし、僕の分は自分に寄せちゃいます。ああそうか、毒見が必要なんでしたっけね僕は。遠慮なくシュリーガンがかじったあとのあるチキンを食べます。

あの子、もっのすごく怖い顔の男がいきなり乱入してきてビビリまくりですね！

「ご、ご、ご、ご兄弟の、その、お兄様の方ですか？」

「そうだよ？」

「似てなさすぎだと思うんですけど……」

「失礼だな嬢ちゃん。どっからどうみても兄弟だろ、ほら、顔だってそっくりだし」

僕の肩を抱くなシュリーガン。近い近い近い顔が！

「は、はあ……、失礼しました」

そのあと、全員無言で食べ続けます……。シュリーガン、いるだけで凄まじい威圧感です。

「ご馳走《ちそう》様でした……」

そう言って食べ終わったあの子が、そそくさと席を立って、お店に戻っちゃいました。

「いやあ助かったよ兄ちゃん」

「そんなこと言われたの初めてですな。俺と一緒に食うと飯がマズくなるってヤツのほうが断然多いですがね」

「それを面と向かってお前に言うやつがいるってのが驚きだよ」

「そりゃあ付き合ってみれば俺がいいヤツだってのは誰でもわかるでしょ」

わかるかなあソレ。ベルさんはわかっているみたいですけど。シュリーガンにはそんなこと平気で言いあえる友達がいるってことですね。なんかそれ、うらやましいな。

「今の女の子、なんなんです？」

「フライドチキンの店の子」

「いいなあ弟、モテモテで。ほっといても女の子が寄ってくるんですな」

「そんなの迷惑でしかないよ。僕、もう奥さんいるんだから」

「もったいねえ……。殿下ならハーレムも作り放題でしょうに」

お前なあ、そんなの何人もいたってしょうがないじゃない？

「読むんだったらこういう本もいいですぜ！」

そう言って本を一冊出して前に置きます。

「めっちゃ強い冒険者が女を次々にパーティーに入れてハーレム作ってモテモテってやつでさあ！」

願望丸出しだねシュリーガン。

「……僕はお前が本を読むんだってことにビックリだよ……」

「なにを失礼な」

はいはい。読むものはもっと選んだほうがいいよシュリーガン。そんなの読んでるとベルさんに嫌われちゃうよ？

時間があるので僕、シュリーガンのハーレムもの読んでみました。シュリーガンは僕の貴族と平民の恋愛小説、読んでいます。お店のカフェテラスで本を読みふける子供とめちゃめちゃ顔の怖い男の二人、シュールです……。まわりに人が座りません て。

「……女ってのは、顔がいい、イケメンってやつが好きなわけですな」

「そうだね」

「金持ちも大好き、頭がよくて、仕事ができ、立ち振る舞いもスマート、礼儀正しくて優しくて、いざとなれば強い。ついでに彼女をどんな時も守れる強い権力も持っていて、のべつまくなし甘い言葉をささやいてくれると」

「理想だよね」

「そんな男、平民にいるわきゃないんす。だからこの『私はあなたが貴族だから好きなんじゃないんです、あなただから、大好きなんです！』ってセリフは大ウソなんスよ」

「そうだよ」

僕がそう言うと、シュリーガンが笑いますね。

「……わかってるんすね、弟」

「当たり前だよ。役に立つのかどうかもわからないことを勉強しておくのも、税を集めてお金を国のために使うのも、お金にならない仕事を損得抜きでやるのも、礼儀正しく外交をこなすのも、いざとなったら命を張って闘うのも、全部、平民に押しつけられないから僕らがやるんだよ。王侯貴族の義務さ」

「その通りっす」

「平民には平民の幸せがある。貴族なんかとくっついたって幸せになんかなれないよ。セレアがどんだけ努力してると思うのさ。そんな苦労、貴族だから一緒にやってもらうことが頼めるわけで、平民の子にセレアみたいなこと全部やられたなんてとても言えない。　他の女の子に僕を好きだって言ってもらっても、それがどうしたとしか思わないね」

「安心っすね弟は」

シュリーガンに読んでた冒険者のハーレム本を返します。

「これハーレムにする意味あるの？」

「いやそれ言っちゃあ……。いきなり核心ついてくるっすね弟。その、読者にしてみればいろんな女の味を楽しめるっていうか……その、選べる楽しみと言いますかね」

「読者サービスで、いろんなタイプの女の子をそろえているよね」

「そうっすね。読者はそのヒロインの中からどれかは好きになるわけっすから」

「でも、これ一番最初の子が一番かわいく書いているんじゃない？　シュリーガンはこの登場人物で、どのヒロインが一番好き？」

「そりゃ、最初にパートナーになる娘《こ》っす。童貞卒業する相手っスからね、そりゃ作者だって最初に一番いいのを持ってきますわ」

いやそういう話じゃなくってね。お前のそういうとこすごいと思うけどね。

「ハーレムだったらそこは平等にしないといけないんじゃないの？」

「そこはヒロイン回をそれぞれ設けてですな、……誰を相手に童貞卒業するか、最後までわからないという話もありますが」

「ヒロインのご利用は計画的に、か」

「厳しいっすね弟。言われてみりゃあ全部ごもっともですが、男には誰だってモテモテになりたいって願望があるわけでして。作者とてそこは例外ではないわけで」

「そういうのが好きな読者が読んだから売れて流行ったんでしょ？　ハーレムものの流行を作ったのは読者だよ。作者じゃない」

「……弟はハーレム願望ないんすね」

「本当に好きな子を見つけたらハーレムなんていらないでしょ」

「いや、それを見つけるためにハーレムというやつがあるのでしてね」

「詭弁《きべん》！」

「あのねえ、弟はね、あんないい子を嫁にもらえた自分が、とんでもなく恵まれてると思わなきゃダメっすよ？　それこそ平民の男があんないい子、嫁にもらえると思います？」

「うっ」

そんな感じでシュリーガンと爆弾付きブーメランの応酬をしておりますと、セレアとベルさんがやってきました。

「ここにいましたか。ちょっと捜しました」

「ごめんごめん。噴水広場からならここが見えると思って」

「おひさしぶりっすベルさん！」

「しんちゃんもご機嫌よろしゅう」

「こんにちは。シン様」

が。

「こんにちは！」

こうやって四人で出かけるのもひさしぶりですね。シュリーガンが一番喜んでるような気がします
「なにしていたんですか？」

「ベルさんと嬢ちゃん攻略のために恋愛小説で作戦会議っす！」

お前なんでもしゃべっちゃうなあ！　なんで言っちゃうのそういうこと！

「……私は隠しごとが一切ないシュリーガン様のそういうところ、嫌いではありませんが、参考にされるには資料がいささか不適当かと」

あわてて本を隠そうとする僕に、ベルさんが冷徹に断罪の斧《おの》を振り下ろします。

「い、いや、本屋さんで適当に今一番人気がある本を適当に、その、適当に選んだらこんなのになっちゃって、その」

「私も読んでみていいですか？」とセレアが目をキラキラと。

「絶対ダメ――――！」

「せれあちゃん、こんなもの読んでる男どもなどほっといて今日は二人で一緒に回りませんか？」

「……それはかんべんしてベル。シン様と一緒に遊べるって、ひさしぶりだし」

僕ら勉強と公務ばっかりでしたもんね。

「ど、どうだった紙芝居？」

とにかく話題を変えなくっちゃ。午前中はセレアが養護院院で慰問に、例の『月世界旅行』の紙芝

居やってたはずです。

「……今回はあんまり受けなかったかも。『月に怪獣いないのー!?』とか、がっかりされちゃいました。石を集めて持って帰るだけって、内容も地味でしたし」

月に怪獣いないんだ……。僕もがっかりです。でもわざわざ月まで行って、持って帰るのが石だけですか。そりゃ地味だわ。どうせならお宝持ち帰ったりしてほしかったです。

「怪獣ものとか、子供たちに受けるかも」

「じゃあ、怪獣が大暴れってお話、考えてみましょうか」

「いいね、どんな怪獣出すの？」

「トリケラトプスくん」

「それ、どんなの？」

「大昔にいた恐竜です。四本足で、角が三本あって、首の後ろにヒレがある」

なんか面白そうですね。実際にいたってのがポイント高い。

「それ、最後どうなるの？」

「隕石《いんせき》が落ちて絶滅します」

「……それ、そういうラストでないとダメ？」

みんなで約束してた劇場に行きます。

今評判の恋愛劇で、『ロメオとジュリエッタ』っていうんですよ。

……最悪です。例のシェイクスピオの新作なんですけど、『ハムレッツ』が国王陛下に酷評されたので、っていうか上演中に寝られたので、今度は甘い恋愛劇にしてきたようですが、主人公たちが最後自殺しちゃうんですよ。

どうしてこういうラストにしたいんでしょうねシェイクスピオは……。

「で、最後どうなったんス？」

「二人とも死んだよ」

やっぱりお前寝てたのかよ。何しに来てんだよシュリーガン……。

「シュリーガンさあ、僕らのこと誰かに話した？」

「いえ、とんでもない。陛下に口止めされてますんでね、これぱっかりは言ってないっす」

お前のその口を黙らすのには国政のトップたる国王陛下の厳命が必要なのかい。どんだけだよ。

「ベルさんも……ないか」

「ないですわ」

やたら惚《ほ》れっぽいチャラチャラした十六歳のロメオが、対立する家の十四歳の一人娘に恋して結ばれるって話なんですが、夜、バルコニーまで忍び込んで会いに行ったり、教会でこっそり結婚式をあげたり、これまるで僕らじゃないの!?　って展開でして、僕とセレアとしては異常に気恥ずかしくてこまりました。しかもそれを知るベルさんとシュリーガンと同席なもんですから、これなんの公開処刑？　って感じでもう僕ら二人自殺したくなりましたよ……。

全編、コッテコテのあまーいセリフに、バカな取り巻きがくだらない下ネタの連発で笑わせようとしてくるのがもう痛くてね、見てる間ずっと二人でつないでいる手が手汗で濡《ぬ》れちゃいました。まさに手に汗握る展開です。劇としては、ぜんっぜん楽しめませんでしたね。甘いセリフの中に、「ガキのくせに恋愛ゴッコしたってロクなことにはならないぞ」という風刺の効いたシェイクスピオ流の恋愛劇と言えますか。

「誰か僕らのこと、知っていて、言ったやつがいるのかなあ」

「うーん……、他に知っているといえば……」

「神父様じゃないですか？」

ベルさんの声にビックリです。あっそうか！　あの神父！　僕らが結婚したときにいましたもんね！

「あのクソ神父がシェイクスピオにネタを提供したと。生かしておけませんな」

「いやそれは放っておこうよシュリーガン……」

「劇中の神父、やたらいい役どころでしたもんねえ。だいぶ話盛って、教会でこっそり子供のカップルを結婚させてあげたとか、自分目線でそういう話したのかもしれませんねえ」

確かにそうでした。ベルさんもなかなかいい読みします。

セレアもなんかちょっとご立腹ですよ。

「私も見てて全然面白くありませんでした。登場人物が全員バカすぎると思います。いくら顔がよくても甘い言葉ばっかりささやいてくれても、あんなに自分勝手で頭も悪くて、全然頼りにならない男、私だったら絶対好きになりません」

セレアに甘い言葉をささやいてもダメみたいです。

「二人とも、顔だけで好きになっちゃうなんてバカみたい。だいたいなんでロメオ、あんなに情けないんですか。困ったことがあると嘆き悲しむばかり。自分で解決しようとか二人で生きていこうとかまったく考えないんですか？　色恋ごと以外にやれることいっぱいあったじゃないですか。最後、心中なんかしなくたってシン様だったら、事を荒立てず穏便に済ませて、解決する方法、十通りは考え出すでしょ」

ゲームの中の僕、ハードル高かったですけど、セレアの中の僕も、けっこうハードル高いみたいです。がんばらないといけませんねえ……。

4章 ⚜ ゲームが始まる前に

僕らは十二歳になりました。

医療用のアルコールの製造、軌道に乗りまして、そろそろ他国にも少し輸出できそうです。まず国内の消費が優先ですので、外国にはそんなに多く回せませんけど。廃棄農産物を使いますから、そう量産するわけにもいきません。アルコール用の農産物を作るんじゃ、本末転倒ってやつですし。

ですが、おかげで医療関係者にも僕らの名前が知られるようになりまして。いや、王子ですから名前は最初から知られているんですが、医療方面の功績でね。そんなわけで、国立学院《アカデミー》に出入りして、医術の研究をしている人とも好きなように会えるようになりました。

学院は、学園の上位学部。他国なら大学と言われる学校です。国内の科学、医学、哲学その他の研究機関を兼ねる最高学府ということになりますか。

「いやあ！　よく来てくれました！　こんなボクみたいなおかしな研究ばかりしている者に興味を持っていただいて、感謝いたします！」

「論文を読みました。大変興味深かったです。ぜひお話を聞かせてもらえればと思いまして、お時間をいただけてありがとうございます」

今日はスパルーツという若い研究員さんの研究室にお邪魔してます。

「……それにしても、王子様……殿下、王太子？　ともあろう方が直接研究室に来なくても、呼ばれれば登城いたしましたのに」

「シンでいいです。呼びにくかったらシン君で。ご研究の邪魔をするのですから当然です。こちらのほうが話を聞きやすいとも思いましたし」

「それはさすがに……。ではシン様で。それに未来の妃殿下までごいっしょで」

「セレアは医療関係に興味があり、一緒に病院の充実に力を貸してくれています。僕と同等以上に知識があると思ってください」

「セレアと申します。どうぞよろしくお願いいたします」

セレアも一緒にぺこりと頭を下げます。

「お話はうかがっています。病院の要請でアルコールを使った衛生向上に尽力なされたとか。アルコールの量産を国策で進めてくれたおかげで、煮沸以外でも殺菌ができるようになり、ボクの研究も大助かりなんです。感謝いたします」

こんなところでも役に立っているんですね。嬉《うれ》しいです。

「あの、お二人、アルコールで病気が防げるということを知っていらっしゃるということは、目に見えない微生物が実在すると思っていらっしゃるのでは……？」

スパルーツさんが声をひそめてそう言います。

「はい」

「やっぱりそうか！　いやあなかなか認めてもらえなくてね！　誰にも興味を持ってもらえず、何度挫折しかけたことか！」

嬉しそうに僕の手を握ってぶんぶん手を振ってくれます。

「見てください！　これ！」

そう言って、長ーい首が曲がってついているフラスコを見せてくれます。

「煮たてた肉汁は、空気に触れるといずれくさってしまいます。でもこうして細管をまげて、外部からなにも入ってこられないようにトラップを作っておきますと、肉汁は大変くさりにくくなる。ほとんどくさらないんです。カビも生えません。カビは植物の一種、それはわかりますね？」

「はい」

「こうした生物は自然発生するんじゃないんです。必ずどこからか入ってきて増殖するんです。ボクは大半の病気はこのような『微生物』が原因ではないかと疑っています」

「僕らがアルコール洗浄を有効だと考えたのもそれです。アルコールはふき取ったり、かけたりすることでそれらの微生物を殺すんだと僕らは思っているんですが」

「素晴らしい！　その通りです！　そのアルコールを使って微生物、ここでも『菌』と呼んでいますが、それを殺し、発生を抑える効果があるのをボクも確認しました！　さっきも言いましたが、『殺菌』ですね。いやー王子様が同じ見解を持ってくれているなんて嬉しいですね！」

めちゃめちゃテンション上がってきましたよスパルーツさん。

「菌っていうのは分離、培養できるんです。糖分と水に溶いて熱湯をかけて作ったでんぷんの苗床を敷いたシャーレの上で採取した菌を放置しますと、このように増殖し、シャーレの上にコロニーを作るので可視化させることができます。今ボクはそれを片っ端からやっています」

「すごいですね……」

シャーレの上に、赤、黄色、緑、オレンジ、いろんな色のなんか汚らしいものがたくさん育っています。カビのようにも見えますけど。

「これが病気の原因の一つではないかと思いましてね、病人の血液や膿《うみ》や痰《たん》から採取して、培養して分離できたものもあるんですよ」

たいしたもんです。セレアの言った通りのことをこの人は独力で発見したことになります。

「同じ病気の人からは、同じ菌が培養できます。病気の感染源は菌なんです。目に見えない微生物である菌が、人から人に触れたり、口から飲み込んだり、鼻から吸ったりすることで感染する病気があるんです。全部の病気がそうだとは言いませんが、大半の病気はそれが原因です。ボクはそう思います」

「病気って、どうして人と人の間でうつるのかがわかったってことですか？」

「それを形にして実証できたことになります。実際にボクが培養した菌で、その病気になるって人体実験はさすがにできませんが。菌はよいものも悪いものもあり、たとえばブドウ液をワインに変えるのも菌によるものです。発酵でアルコールを作るのですから『酵母』と呼んでいますが」

それは酒造関係者なら経験的に知っていると思いますね。それを利用してお酒を造っているわけですから。僕らがすすめたアルコールの製造も、お酒を造るのとまったく手法は同じですしね。

そこまで一気に説明して、スパルーツさんが急にがっくりします。

「……と、そこまではわかったんですが、それがわかったからどうだってことでね、これを病気を防いだり、治したりするのにどう利用したらいいもんだか、そこに困っています。なにか実績が作れましたら、この研究、進められるんですが、バカにされるばかりでしてね……」

不遇ですね……。でもこういう人を見出して、資金援助して、研究を進めさせるってのも僕ら王族の仕事になります。

「あの、『免疫』って、ご承知でしょうか」

セレアの前世知識キター――――！

「もちろん。はしかとか天然痘とか、一度かかって、完治するともう一生かからない病気は多いですから。そういう感染症から治ると、『免疫ができたからもう安心』って言い方しますよボクらは」

「あれは人間の体の中で、そういう病気を覚えている力があり、一度かかった病気の菌がもう一度入ってくるとそれを殺してしまうから、かからなくなるんです」

「そう思うでしょ！　病気が治った人の体からは原因となる菌が培養できません。病気の元だった菌がいなくなるんです！　免疫ができるってのは、菌が体にいても平気になっちゃうわけじゃなくて、菌が体からいなくなるんですよ！　ボクもそうじゃないかと思っていたんですが！」

嬉しそうですね、スパルーツさん。

「去年の冬、養護院でジフテリアが発生しました。素早い隔離と、アルコール洗浄で感染は防げ、重症化する子供も抑えられて奇跡的に死亡者は出ませんでしたが」

「はい、承知しています。ボクら医学者の間でも話題になっていました。病院のスタッフがよくやっていたと。『隔離』ってのが感染防止に効果的というのが初めて実証された形になりますか。画期的な対応であったと思います」

実際はセレアの素早い指示のおかげでしたが。手当てを行うものはマスクを着け、手を消毒するとかいろいろやりましたよ。

「ジフテリアもジフテリアの菌が原因の病気です。養護院では自然に回復を待つしかなかったんですけど、ジフテリアの治療には血清がお薬になるって聞いたことがあります」

「血清ですか……」

「血清ってなに？」

僕がそう言うと、スパルーツさんが説明してくれますね。

「血液を試験管に入れてほうっておくと、血液の赤い成分が沈んで黄色っぽい血液の上澄み液ができます。それのことですね」

そう言ってスパルーツさん、うーんうーんって首をかしげてます。

「血清が薬になる……。どういうことでしょう？　免疫ができることと関係があるのでしょうか？それって免疫ができた人の血を使うとか、そういうことなのかな？　免疫が血に宿る……？　だったら凄いですよ！　できそうな気がしてきました！」

大量に研究のヒントをもらってスパルーツさん大喜びでしたね。

「その研究については王室から学院を通して支援をさせてもらいたいと思います。詳しい話はあとで。まずはこれをプレゼントしたいと思いますので受け取ってください」

そう言って持ってきた木箱を渡します。

「……これ、なんです？」

「『顕微鏡』です。最近、眼鏡屋の職人さんが発明したんで、ぜひ活用してもらいたいと思いまして」

僕らの国にも、メガネに使うレンズがあります。それを組み合わせて遠くのものを見る望遠鏡もあるんですけど、それで「小さいものを見る『顕微鏡』も作れる。病院にも学校の理科室にもあった」ってセレアが言うもんですから、職人さんにそんなの作れないかってアイデア出したら、本当に作ってくれたんですよね。ガラス板に試料を乗せて、それを下から鏡で光を当てて透かして見るってのがすごいアイデアでして、今、試作品をいくつも開発中です。

これはホントにスパルーツさんが大喜びしてくれました。これで、彼がいろんな細菌を発見してくれることでしょう。医学が大進歩するといいんですが。


帰りの馬車でセレアにさっきのことを聞いてみます。

「セレアはほんと、なんでも知ってるねえ！　免疫なんて初耳だったよ」

「実は私が入院していたのも、その免疫不全の病気の一種でしたので、よくお医者様が私や両親にも説明してくれました。病院の書庫に入院患者のために、子供向けの本がいっぱいありまして、病院ですからお医者様の本が多くて、野口英世《のぐちひでよ》とか北里柴三郎《きたざとしばさぶろう》の伝記も入院している間にみんな読みました。

それで知っていたんです」

「ジフテリアも？」

「冬の国で、ジフテリアが発生したのに、大吹雪でお薬を運ぶ手段がなくて、それで犬ぞりチームで千百キロの距離を運んだって実話をもとにしたアニメ映画があって、それ観たことあったので覚えてたんです。その時のお薬が、血清でした」

アニメ映画ってなに？

……しかしどれもえらく本格的な知識ですよね。十二歳の子供ながら、すでに国内最高の医療知識があるのかもしれませんよセレアは。

ただ、そうは言ってもセレアは患者だったという経験があるだけで、お医者様ではありません。記憶も十歳までですし、今後も「ヒント」だけもらって、あとはこうして専門の医学研究者に任せるのがいいでしょうね。

「それに、これで『攻略対象』を一人、減らせたかもしれないしね！」

そう！　実は！　スパルーツさん、ヒロインの攻略対象者の一人なんです！

セレアの手作り攻略本によりますと、学院の研究者であるスパルーツさん、研究がなかなか認められなくて、学院を追い出され、フローラ学園で生物教師をするんですよね。で、そこでヒロインに出会って、「あなたの才能、きっといつか認められます。希望を失わないで、どうか研究を続けてください」ってヒロインにはげまされ、恋に落ちて、結ばれるんです。

教師との禁断の恋ですね。言いませんでしたがスパルーツさん、そりゃあもう美男子ですよ？

カッコいいです。ちょっと変人ですけど。

もちろんその後、スパルーツさんは画期的な医学研究を次々と発表し、国内で最高の医師として世界の医療のトップになるというエピローグになっております。それを支えた奥様のヒロインというおまけつきで。

僕らがちょっと介入して、スパルーツさんを支援して研究成果を出してあげれば、彼も学院から追い出されることもなく、フローラ学園の教師になったりもしませんので、ヒロインさんとも出会わないっと。

「なんだかズルいような気がしますけど……」

「いや、ズルいとか言わないでよ。だってそんな優秀な人材だったら、ヒロインとイチャイチャさせとくより、こうしてわが国の医学の発展に尽力してもらうほうが断然いいじゃない。僕は邪魔してやろうとか全然考えてないからね？　他意はないよ他意は」

ないったらないってば。

☆彡

ケンカ殺法を卒業した僕は、シュリーガンと本格的に武器を使った練習やっています。もう一年になりますか。

「殿下はっ！　なかなかっ、筋が！　いいですな！」

「そんなっ、わけっ、ないでしょ！　お世辞はやめてよ！」

上！　下！　上！　下！

まずは片手剣の型稽古ですっ！　フェンシングの要領で打ち合わせます！

「子供ってのはね、もっとスゴい技ないのかとか、必殺技を教えろとか！」

キィン！　カキッ！　キィン！　カキッ！

下段に振られた剣を下段で受け、上段に振られた剣は上段で受ける！

前に！　後ろに！　前に！　後ろに‼

「そういうのばっかりやりたがってね！　こういう型稽古はイヤがるもんなんすっ！」

はーはーぜーぜー。一休みです。

「でも殿下はもう一年もこれ、文句ひとつ言わずやるでしょう」

「基礎もできてないのに、なにやっても身につくわけがないよ……」

「それがわかってるところが凄いんすよ」

「はいはい、セレアが見ているからって無理にほめなくていいよ」

今日はセレアが練習場に来て見ているんですよね。先生の課題の本読みながらですが。で、僕らがずーと同じことばっかりやっているもんだから、そろそろ飽きちゃっているんじゃないのかなあ？

僕が座り込んでへたばっていると、水筒持ってきて、渡してくれます。それゴクゴク飲んでると、頭からタオルかぶせてわしゃわしゃ汗を拭いてくれます。やさしいですね。僕の髪がくしゃくしゃですけど。

「戦闘の時はね、なにも考えてるヒマなんてないんすよ。考えなくても体が勝手に動くようにならないと負けっす。そういう相手と闘うんすから」

「シュリーガンはなにも考えないで闘ってるの？」

「そうすよ」

いやそれはどうかと……。でもそれがシュリーガンの強さの秘密なのかもしれませんね。野生だなあ。僕それマネできるんでしょうか。

「剣は一瞬の間もなく攻撃が連続で来ます。闘ってる途中でなにか考えたいんだったら、その間は体が別のこと考えてても勝手に動いてくれてないとやられるでしょうが」

「そりゃそうだね」

「てなわけで、頭使って闘いたい殿下のような人こそ、頭使わなくても体が動くようにしとかなきゃいかんのですよ。片手剣の型稽古は二十種類。それができたら、今度は両手剣っす」

「了解」

「シュリーガンさん、それ、なんですか？」

セレアがシュリーガンの腰のベルトに差さってる護身具指さして聞きますね。

「警棒っすね。護身具です」

「見せてくれませんか？」

「別にどうってことないただの鉄の棒ですがね。いつも持ってますよ？　お二人がお出かけの時にも」

「そういやシュリーガン、お忍びで外出するときには剣、下げてないよね」

「剣下げてちゃお偉いさんの護衛してるって一発で見破られちゃうでしょ。だからこれだけっす。ズボンに突っ込んで見えないようにしてますから、気が付きませんでしたかね？」

セレアが受け取ってその鉄棒見て、びっくりします。

「これ、十手ですよ」

「じゅって？」

「はい、古い武器でして、私が知っている……その、昔話にも出てきます」

セレアがこういう言い方をするのは、例の『前世知識』ってやつですね。普通に、肘下ぐらいの長さで、グリップのところからL字型にカギのような金具が飛び出しています。

「ジュッテかあ、俺はカギ付き警棒って呼んでますがね。なんてジュッテっていうんすかね？」

セレアがくすくす笑います。

僕は、「これってシュリーガンが考えたの？」って聞いてみます。

「これぐらいの長さの鉄のぶん殴り棒なんて何百年も前からあるっすよ。俺はズボンに引っかけておくのにちょうどいいように、金具をつけてもらっただけでね」

セレアは受け取った警棒の、カギの部分を指さします。

「ぶん殴るだけじゃなくて、このカギの部分で剣を受け止めたり、ひねったり、押さえつけたり、なんでもできるんですよ。十通りの使い方があるから十手なんです。街を見回る役目の人がこれを使って、剣を振り回す暴れ者を取り押さえたり悪人を捕まえたりするのに使うんです」

ほー……とシュリーガンが感心します。

「実際俺も、これでチンピラを何度か逮捕したっす。確かにそういう使い方できそうっすね」

シュリーガンが警棒を返してもらって、眺めます。

「剣を受けるように、カギの部分も丈夫にして、大きくして……。うん、なんかできそうな気がしてきたっす！」

「いいなあそれ。僕も使えるようになりたい」

「私もそれ、シン様に使えるようになってほしいです。それ悪人を成敗する、正義の味方が使う武器ですから！」

セレアがそう言ってくれると、僕もがぜん使いたくなりますね！

「……男の子は剣のほうがカッコいいって思うもんなんすけどね、変わってますな殿下は」

「だって剣だと相手傷つけちゃうじゃない。剣持った相手でも無傷で取り押さえられるならそっちのほうがいいし」

「私もシン様が人殺しちゃったりするのはイヤですし」

「ナマ言ってんじゃないっすよ？　そういうことは剣がそこらの野盗、盗賊の三倍は強くなってからにしてくださいよ。まず自分の太刀筋もできてないうちからどうやって相手の太刀筋読むんすか。さ、練習の続きっす！」

「はあい」

☆彡

久しぶりにお休みにお出かけすることになりました。月に一度ぐらいはこんなふうにセレアと城下でデートしてます。

今、国内各地から貴族領主が首都である王都に集まって、年に一度の諸侯会議が行われています。なので忙しいから王宮での習いごとはお休みです。僕らも王宮にいても邪魔なだけなので、こうして外出することになりました。セレアのお父様のコレット公爵も、会議の間は王都の別邸に滞在しており、ひさしぶりにお義父《とう》様に会いましたね……。

僕たちがすでに結婚していることを知ってますので、「子供はまだか？」とか言われます。冗談でもやめてください。僕らまだ十二歳ですからね？

十二歳になっても、デートにはやっぱりシュリーガンとベルさんがついてくるんですけどね。ま、さすがに二人とも、今は僕らとはちゃんと距離を取って、デートの邪魔をしないようになってますが。

「今日は本屋さんと、雑貨屋さんと……あとコンサート！」

「楽しみです！」

二人で絶対にいこうって楽しみにしてたやつです。趣味がいっしょって、やっぱり嬉しいですね。

「……シン様」

セレアが僕の服の袖を引っ張ります。見ると、街角で女の子が泣いています。その女の子の前にちょっと怪しい感じの男が立ってて、必死になだめてる感じなんですよね。言っちゃ悪いけど危ない感じがします。

「どうしました？」

近づいて声をかけると、二人、僕らを見ますね。女の子、僕らとおんなじぐらいの年に見えます。明るい茶髪の、ちょっとくせっ毛の巻き毛もかわいい子ですよ。

「で、でん……」

男が殿下って言いそうになるのをとっさに口の前に指を立てて黙らせます。覚えあります。近衛兵団のメンバーでした。シュリーガンとベルさんが目立たぬように歩みよってきます。

「どうしたシュバルツ」

「あ、小隊長……」

シュリーガンを見て驚いた近衛兵のシュバルツさんが「ちょっとまずいことになりまして」と声をひそめます。二人でこそこそ話してますね。女の子はベルさんが相手してくれてます。なかなか泣き止みませんけど。セレアが一緒に、彼女の手を引いてカフェのテーブル席に座らせます。

「お前がついててなにやってんだよ……」

「申し訳ありません……」

シュリーガンの叱責にシュバルツさんが真っ青ですね。

「説明して」

僕が言うとしかたないというようにシュバルツさんが説明してくれます。

「自分らは休みでも頼まれれば護衛の仕事をするのですが、今日は王都を訪問してきたワイルズ子爵のご子息とそのご婚約者であるシルファ様のご案内をせよと申しつけられまして」

　僕らと同じようなことやってますね。

「ところがそのワイルズ子爵のご子息が、勝手に場を離れていなくなってしまいまして、護衛は自分だけなもんですからシルファ様をおひとりにして捜しに行くわけにもいかずどうしようかと途方に暮れていたわけで……」

　そりゃ大変だ！

「申し訳ありません」

「いや、護衛対象が勝手に離れるとか想定外だ。そりゃしょうがねえよ」

　シュリーガンがそう言いますけどもっともです。護衛をするほうにルールがあるように、されるほうにだって守らなきゃならないルールがあります。護衛から勝手に離れてどうするんですか。なにかあって怒られるのは護衛の人なんですよ？　子供だからって部下にその程度の配慮もできずになにが貴族子息ですか。あるまじきやんちゃぶりです。

「女の子二人はベルさんに任すとして、俺らも捜しに行くか。どんなやつだ？」

「一見して平民とは違うちょい、いい服着ていまして、紺のブレザー、短パンに長靴下《ゲートル》、首に赤いスカーフ、帽子はチェックで黒髪の十二歳で」

「行くよシュリーガン、シュバルツさん」

「おう」

「はい殿下！」

「ここではデンカはやめて！」

三人で下町を捜します。案外簡単に見つかりました。フライドチキンの店の前のカフェ席でチキンにかぶりついていましたね。

「……おい君」

声をかけるとギロッと座ったままこっち見ます。貴族らしく整った顔立ちはしてて上品さはありますが、なんかこう、人を見下してにらみつけてくる感じがイヤなやつですね。

「なんだお前」

「君、女の子ほうっておいてなにやってんだ」

「関係ないだろ」

「なくないよ。シルファさん泣いてたぞ。早く戻ってやれ」

「うるせえよ。なんなんだよお前！」

が－んって椅子をひっくり返して立ち上がります。僕より少し背が高いですね。

「俺にそんな口きいていいと思ってんのか？」

「思ってるさ。女の子を泣かせておく最低男」

「てめえ！」

いきなり胸ぐらをつかんできます。

はい、こういう場合は下から両手を突っ込んで開くように上に跳ね上げます。僕の上着のボタンが飛びますけどね。抵抗されたことに驚いた相手の足にローキックして転ばせます。さすがにここですかさずキ○タマを踏み抜いたりはしませんよ。貴族にそれやったらあとで後継者問題になりますから。

「このヤロー！」

起き上がって殴りかかってきます。スウェーでかわします。

生意気にボクシングの構えですけど、そんなの労働者階級の格闘スポーツですよ。どこで覚えたのか、見よう見まねか知りませんが、パンチで相手が死ぬもんですか。戦場で役に立たない技です。

腕を取って背負ってぶん投げます。シュリーガンとはマットの上とか芝生の上でやりましたけどね、石畳の上で背中から落とされたら効くでしょう。今日は背中から落としてやりますけど、高さを変えて首が折れるように落とせば殺人技にだってなりますよ。投げ技舐《な》めたらいけませんて。

「こ、このやろう！」

寝ころんだままキックしてきます。投げ技は子供同士でやってもあんまり効かないか。高さが無いもんね。やれやれです。その子供キックの足をつかんで両脇に抱えて、ぐるっとまわってヤツをうつぶせにひっくり返し、そのまま後ろにのけぞります。逆エビ固め！

「いてええ――――!!　クソ！　放しやがれ！」

「降参しろ！」

「するかバカ！　おい！　護衛！　こいつやっつけろ！」

このなりゆきを途中から見てたシュバルツさんにそう言いますけど、「い、いや、すいません坊ちゃん」と真っ青のシュバルツさんの頭を、シュリーガンがわしづかみにしています。

「坊ちゃん、古今東西、子供のケンカには、大人は手を出さないってことになってましてねえ……」

そう言ってシュリーガンがニヤニヤと笑っています。

その顔を見たご子息、真っ青になりました。悪魔か魔物にでも出会ったかってとこですかね。

「降参しろ——!!」

「ぎゃあああああ！　する！　する！　放せ——！」

放してやると、周りを取り囲んでいた街の人たちからいっせいに拍手されました。

もう一度かかって来られるような雰囲気じゃありませんね。勝負アリです。

「で、でん……、そちらさん、ケンカ強すぎじゃありません？」

シュバルツさんがそう言うと、あったりまえだという顔をしてシュリーガンが答えます。

「俺が弟に一番最初に教えたのはまずケンカのやり方だよ」

「なに教えてんですか小隊長……」

シュバルツさんがあきれてますね。たしかに王子がやることじゃないかもです。


セレア、ベルさん、シルファさんが待つカフェテラスまで四人で歩いて戻ります。

「お前なんかなあ、剣だったら絶対俺に勝てないんだぞ！」

そんな負け惜しみをぶつぶつ言ってます。まあ剣だったら僕も始めてまだ一年ぐらいだから、勝負になるかもしれませんね。

「街中で剣振り回したら即刻衛兵に逮捕されるけど？」

「お前俺が誰だか知らないからそんな口きけんだよ」

「誰なのさ」

「誰って……見てわかんねえかよ！」

「まったくわかんないね」

たしかワイルズ子爵のご子息でしたか。四つ離れた北方の領地です。ジョージ・ワイルズ子爵は何度か面会していますが、そのご子息となると何番目かも知りませんし、パーティーでも会ったこともありませんね。王宮での諸侯会議に出席するんで、御子息を連れてきたってことになりますか。

「俺はワイルズ子爵の長男だ！　お前みたいな平民のガキとは身分が違うんだよ！」

「どこの田舎領地から来たかしらないけどさ、この王都じゃ子爵や伯爵の息子や令嬢なんてそこらじゅうにウロウロしてるよ。別に珍しくもない……。そのお貴族様のご子息が平民のガキにコテンパンにやられてよく恥ずかしげもなく名乗れるねえ？　僕が貴族だったら負けてから名乗るなんて恥ずかしくて絶対できないよ」

「うっ」

「貴族ってのはいざって時に平民を守って闘うんだろ？　だから威張ってられるんだろ？　なのに平民より弱いって、君こそホントに貴族なの？　僕そんなこと言われても全然信じられないんだけど？はい、もう一度名乗ってみて。フルネームでどうぞ」

「このやろう……」

バツが悪そうです。

「お前、名は？」

「シンってなんだよ……。シンドラーか？　シンクリフトか？」

「シン」

実は僕みたいに「シン」なんて短い名前名乗れるのはよっぽど高位貴族か王族でないとダメなんですよね。下級な貴族ほど名前、どんどん長ったらしくなるほうが多いです。

「貴族はどうだか知らないけど、僕ら平民なんて短くてわかりやすい名前しかないに決まってるでしょ。めんどくさい」

「俺はジャックだ」

ジャックシュリート・ワイルズか！　いたよそんなやつ、セレアの言うゲームの中に！

お前ヒロインの攻略相手かよ！

セレアと、ベルさんと、シルファさんを見つけてテーブルまで戻ると、そいつどかっと座ります。

「ジャック様……」

態度悪いなジャック……。

「ふんっ！」

いやお前の婚約者だろシルファさんは。仲悪いのかな……？

「ジャック様、ベルさんと、セレアさんです。先ほどよりごいっしょさせてもらっていました」

「ベルです。よろしくお願いします」

「ベルの妹のセレアです。こんにちは」

「で、この怖い顔の男は？」

無視するようにシュリーガンを指さしますね。

「僕の兄ちゃんだよ。シュリーガン」

「シュリーガンっす。弟がやらかして申し訳ないっす」

「似てなさすぎだろ！」

ジャックが僕とシュリーガンを見比べて驚きますね。

「どっからどうみても兄弟でしょ。ほらそっくり」

肩を抱くなシュリーガン。顔が近い近い近い。

「顔のことは言わないでよ。大きなお世話だよ」

「いったい何者なんだよ……」

「俺は近衛騎士で、ベルさんはメイドっすよ？」

聞かれたらなんでも答えちゃうシュリーガンが言っちゃいます。

「近衛騎士の弟か。どうりで強いわけだ……」

ジャックが驚きますね。近衛騎士の弟だからって強いわきゃないと思いますけど、まあ納得してもらえるならなんでもいいです。こういうプライド高そうなやつは負けを認めずあとあと絡んできそうですからね。

「強いって……なにやったんですシン様」

セレアが心配顔です。

「別に。ちょっと男同士のやり取りをしただけさ」

「シン様、ボタンが取れちゃってますよ」

「『様』ってなんだよ偉そうに……。お前彼女にそんな呼び方させてんの？」

お前にだけは「偉そうに」とか言われたくないですね。

「関係ないだろ。君も今シルファさんに『ジャック様』って呼ばれてたよね？」

「俺は貴族なんだよ。うるせえわ」

怒り方が子供みたいですね。子供ですけど。

「さてこれからどうしますかね」

シュリーガンがそんなことを言います。

「せっかく仲良くなったんですし、みなさんでご一緒に回りましょうよ」

セレアちょっとうれしそうです。シルファさんと気が合ったのかな？

「……ジャック様、私もそうしたいです。これもなにかの縁ですし」

「俺は仲良くなった覚えはない。俺に指図するな」

腹立つなーコイツ。

「もういいや、コイツほっといて僕らで一緒にコンサートに行きませんかシルファさん。ジャック君にはシュバルツさんがついているでしょうし、僕らで家まで送ってあげますから」

「お、おい！」

「じゃあ君はどこに行きたいって言うのさ」

「うーん、俺はせっかく王都に来てるんだから、武器屋が見たかったんだけど」

「……女の子つれてどこ行こうとしてんのさ……」

「ダメなのかよ」

「ダメでしょう」

「ダメですね」

「ダメすぎるわ」

「ダメなんじゃないですかね……」

僕がダメ出しするとベルさんもセレアもシュリーガンも、すっかり空気になってるシュバルツさんも首をひねりますね。

「ジャック様がそうしたいなら、私はそれでいいですが……」

シルファさんがけなげにそういうと、「よし決まりだ！」とか言ってジャックが喜んでいます。

「決まりじゃないよ！　君ねえそんなことじゃ一生女の子エスコートとかできないよ？　彼女を楽しませてあげるのがデートでしょ」

「デートじゃねえよ！」

めんどくさいやつですねえ……。

「はいはいはい、おなかがすいてるからみなさんそうピリピリしているんですよ。さ、まずこれ食べてください」

ベルさんが大量にカフェからサンドイッチとお茶を買ってきてくれていて、勧めてくれます。セレアがさりげなく毒見して僕に食べさせてくれるんですが、それを見てジャックがびっくりしますね。

「……お前ら仲いいな」

「君らは仲悪いのかい。婚約者だとか聞いてるけど？」

「親が勝手に決めてんだ。仲いいかどうかなんて関係ないさ」

「君ねえ、婚約者とも仲良くできないんじゃ、この先一生モテないよ？」

「モテませんね」

「モテねえな」

「モテないでしょうね」

「モテるのは無理でしょう……」

はい、ベルさん、シュリーガン、セレア、シュバルツさんからダメ出しいただきました。

突然、シルファさんがぽろぽろと涙を流します。

「お、おい……」

さすがにジャックがあわてますね。

「ジャック様は、モテなくてもいいんです！」

苦労してますねシルファさん。胸が痛くなります。セレアの顔を見ると、僕にだけわかるようにゆっくり小さく頷《うなず》きます。これはわかってるって意味です。

なんだかんだ言って、コイツも強情でして、まず武器屋に行くことになっちゃいました、それから、僕らが今日行くはずだったコンサートにしぶしぶついてくるということで了承させましたね。

街を歩きながらセレアと二人でこそこそ相談します。

「(セレア、あいつ、ジャックシュリート・ワイルズだって！)」

「(はい、私もシルファさんから話を聞いて気が付きました)」

「(うーんどうしよう。僕らとしては仲良くなってほしいよね……)」

「(そうですね……。シルファさんがかわいそうです)」

セレアの記憶によるとジャックはオレ様系ドS担当。婚約相手を親が勝手に決めたことにどうしても納得いかないジャックは、婚約者がいるってことや、粗暴な発言で学園の女の子たちに一定の距離を置かれている中、物おじせず話しかけてくるヒロインさんに心ひかれ恋しちゃうんですよね。シルファさんは悪役令嬢ではありませんのでゲームではちょっとだけしか登場せず、ジャックがシルファさんに別れを言い渡し、シルファさんがあっさり了解する場面をヒロインが盗み見しちゃうってエピソードがあるそうで。その後話の中ではいつの間にか二人の関係は自然解消でシルファさんの話はゲームに出てこなくなり、エンディング後の行方は謎です。雑だなゲームの設定。

現実にジャックに会ってみると、こんな男いいと思う女の子いるのかねえ……と僕は思いますが、今は子供だからでしょうか。こんなんでもちゃんと青年に成長したら、イケメンでその言動に見合う実力の持ち主になるのかもしれません。そうなる前にすっかりシルファさんに愛想をつかされそうですけど。

武器屋に行くとはしゃいでいますね、ジャック。僕は王宮で、国の先鋭部隊が第一線で使う本物の武器をいやというほど手にしていますので、こんな武器屋で手に入るようなハッタリの効いた剣だの槍《やり》だの、安っぽくて自分では使う気になれませんが。ほらシュリーガンもシュバルツさんもまったく興味なさそうです。

それ以上に興味なさそうなのがシルファさんですね。っていうか怖がってます。セレアは物珍しそうにあれこれ眺めていますけど。

「お前これどう思う!?」

ジャックがなんか子供でも振れそうなカッコいいショートソードに目をキラキラさせています。

「こんなカッコだけの剣なんて身を守れないよ……」

「そうかあ？　ピカピカで刀身の磨きが凄いだろ。かっこいいと思わないのか？」

「剣は命を預ける実用品だよ。カッコなんてどうでもいいよ」

「……実に平民らしい考えだなオイ」

「だいたいそんな刀身全部に焼きが入っちゃってるような安物すぐ折れるでしょ」

「ナニモンなんだよお前……。だったらお前ならどれ選ぶんだ？」

見回しますけどね、大したものはないですね。

「(僕だったらこの店では買わないよ)」

声をひそめて言いますと、驚いてます。

「(お前ホントナニモンなんだよ)」

結局なんかキンキラキンのカッコいいショートソード買ってました。

持ち歩かせるわけにはいかんってことで、お付きのシュバルツさんがあとで届けさせると言ってお店に連絡先を伝えていましたけど。

次はコンサートです。今日は著名な宮廷作曲家のシュトラウツが市民向けにコンサートをやってくれるそうで、僕もセレアも楽しみにしていました。

「ダンス曲かよ……。くだらねー」

お前本当に腹立つやつだな。ダンスは貴族のたしなみでしょうが。

「ま、お前らみたいな平民にはめったに聞けない曲だろうからな。ありがたく聞いておけ」

人に連れてきてもらっておいてなんなんでしょうねこの態度。

「……ねえシルファさん、こいつダンス踊れるの？」

「はあ……、踊ってくれたことはないですが」

「苦手なんだ」

「うるせえ」

宮廷音楽家のシュトラウツはワルツを得意としていまして、宮廷でのパーティーでよく演奏の指揮をしてくれます。王侯貴族しか耳にすることのできない本格的な楽団での演奏を今日は一般市民に公開でやってくれるそうで、貴重な機会です。

市民が音楽を聴くのは、せいぜいオルゴールか、歌劇の劇場か大道芸ぐらいですから、こうして多くの市民に曲を聞いてもらうことで、音楽の楽しみを知ってもらえるでしょうね。

いやあ、素晴らしい演奏でした。やっぱりオーケストラの生演奏はいいですね！

市民と一緒に桟敷席《さじきせき》ですが、ジャックが「なんで俺がこんな席……」とブツブツ面倒でして。

貴賓席《きひんせき》なんて予約なしで取れるわけないでしょうが。勝手なやつです。あんな高くて遠い席より、こうして正面の近くで聞ける桟敷席のほうが僕は好きですけどね。

コンサートが終わって、薄暗くなりかけた街を歩きます。

「いやー、よかったね！」

「はい！　素晴らしかったです！」

セレアの手を取って歩く僕らの足も自然にスキップしてしまいます。

「たったらん、ら、らんらんらー。たったらん、ら、らんらんらー」

「きゃあ！　あはははは！」

セレアの背に右手を回して、つないだ左手を上げて、くるくるターン！

そのまま踊りながら街をスキップして、ひらひらひら。

「……お前らほんっと仲いいな。なんなんだよ……」

ジャックがあきれてますね。せっかくいい気分になってんだから邪魔しないでよ。

「コンサート素敵でした。私も踊りたくなりました」

シルファさんがニコニコして言いますね。

ふんふんふんって、鼻歌歌いながらセレアと一曲ワルツを踊り、くるくるって回してから抱き止めます。

「……う、うまいなお前」

「こんなの誰でもできるでしょ。みんな収穫祭でも踊るし、ダンスは庶民のささやかな娯楽だよ。貴族だけのものじゃないってば」

「うるせえ」

「さ、シルファさん、こんなところで出会ったのもなにかの縁です。わたくしのような者では相手に不足があるとは思いますが、ぜひ一曲、ごいっしょに」

そう言って、正式な礼でシルファさんにもダンスを申し込みます。

「お、おい……」

焦るジャックにかまわず、シルファさんの手を取って、鼻歌、歌って、踊ります。

「あらあらあら……」

ついてきてくれるベルさんも、シュバルツさんもシュリーガンもあきれちゃいますかね。ま、子供のやることですから大目に見て。とまどってるシルファさんですが、少しリードしてあげるだけできれいに合わせて歩道の上で踊ってくれます。ワルツですからね、はい、アン・ドゥ・トロワ、アン・ドゥ・トロワ！

「なにやってんだよお前！　俺の婚約者だぞ！」

シルファさんをくるくるって回して、手を広げて頭を下げます。

「お粗末様でした」

「このやろう……」

「ダンスパーティーなら申し込まれたら誰だってみんなと踊るでしょ。なに腹立ててんの」

「シルファはな、お前なんかが踊っていい相手じゃないんだぞ！」

「だったらちゃんと捕まえておきなよ。他の男に取られないように」

ジャックが僕をにらみますねえ。ま、勝手にしてください。

「シン様、ちょっとやりすぎですよ」

「ごめん……」

セレアに怒られちゃいます。

「なんだお前、彼女には逆らえないのかよ」

「レディファーストです」

「スカしてんなあ。でも大したヤツだよ」

「どうも」

「お前、俺の友達になれ」

なんなんですかねえコイツ。言うことがいちいち腹立つなあ。

「イヤだよ。命令されてなる友達ってなんだよ。友達ってそういうもんじゃないでしょ？」

「……そうか。それもそうだな」

「まあいいや。セレアも一緒でよかったら。どうですかシルファさん」

「はい、嬉しいです！」

シルファさんにもいいお返事をいただけました。セレアとも仲良くなってましたもんね、シルファさん。

「次はいつ会える？」

「そうだなあ。明後日から王都で物産市やるから、それでも一緒に見て回ろうか。そこのシュバルツさんに言ってよ。そうしたらシュバルツさんからうちの兄ちゃんに伝わるから、僕にもセレアにもつごうがつくさ」

「お前俺が友達になってやるんだからありがたく思えよ？」

「はいはい」

そうして、街角でジャック、シルファさん、シュバルツさんと別れ、セレアとベルさんをコレット家別邸に送るためにシュリーガンと四人で街灯の街を歩きます。

「いやあ面白かったですな。あいつらあとでシン様が王子だと知ったら、死にたくなるでしょうけどね」ってシュリーガンが笑います。

「面白いと思うなら内緒にしといてよ？　お前すぐなんでもしゃべっちゃうから。シュバルツさんにも口止めしたんだからさ」

「うふふ！」

セレアも楽しそうです。

僕とセレアには共通の悩みがあります。友達がいないんですよね……、僕たち。

知り合う男の子も女の子も、みーんな僕らを王子、婚約者の公爵令嬢って知ってます。お茶会もしますし、パーティーで歓談もします。でも本当の友達ってわけじゃなくて、身分を知った上でのわきまえたお付き合いです。身分関係なしにツッコミあえる友達っていないんです。まあシュリーガンやベルさんとは今はそんな関係ですけど、この二人は大人ですし。

ま、セレアとシルファさんはいい友達になれそうです。僕もアイツに付き合ってあげるとしますかね。

「アイツってさ、いつまでいるの？」

「王室の諸侯会議が終わるまでは、ワイルズ子爵も滞在していると思います。一週間ぐらいですかね」とベルさんが教えてくれます。

「その間だけかあ」

「会議が終われば、二人とも領地に帰っちゃうでしょうし。シルファさんはブラーゼス男爵のご令嬢だそうで、ワイルズ子爵領の隣だったと思います」

「あ、帰る前にパーティーがあるよ！　そういえば！」

僕も出なきゃいかんです。うわあ、そこで顔合わせることになるかあ！　バレちゃいますね！

「それまでのお付き合いってことになるんすかね」

そうなっちゃうかあ。

「……まあいいや。また会えるし、そのあとのことはそのあとで」

「そうですな。殿下にもそういう友人、いたほうがいいっすね」

大きなお世話だよ。友達いないことは自覚してるよ僕だって……。

☆彡

早速二日後のお誘いでセレアと一緒に出かけます。

今城下では、諸国の領主が集まっていますので、各領地の特産品を集めた物産市が行われています。国中の名物、工芸品、鉱産品に新型の機械、鉢植えされた野菜などが町中で展示、即売されています。商人たちも集まってあちこちで商談がされ、年に一度の大規模な産業祭りといったところでしょうか。もちろん僕らも視察する予定でしたし、まあちょうどいいでしょう。前回みたいにダブルデートってことで見に行きましょうか。

「よう、また会ったな」

「確かそっちから誘ってきたような」

「お前王都に住んでんだから詳しいだろ。案内しろって言ってんだよ」

「自分が田舎モンだってことは認めるんだ……」

例によって憎まれ口の叩《たた》き合いをする僕らの横で、セレアとシルファさんが再会を喜んで手をタッチしあっています。楽しそうですね。人混みがすごいですが、そんな中でもシュリーガンとベルさんとシュバルツさんがちゃんと傍《そば》にいます。今日はあんまり邪魔しないように言ってありますが。

「お前はホント面白いな、度胸あるよ」

「そりゃどうも。で、今日はどうしたいの？」

「そりゃあお前、順に全部見ていくに決まってるだろ」

「それは賛成だね」

「賛成ですわ！」

「はい、ごいっしょします」

シルファさんもセレアも喜んで賛成してくれますね。

「……お前今日も彼女とデートかよ。ヒマなんだな。仕事なにしてんだよ」

「セレアと一緒に病院と養護院の使いっ走りをしているよ」

本当は王子ですけど、まあ今の公務のメインはそれですね。

「病院と養護院か……。今年の諸侯会議で、国王陛下からの命で、全ての領地に病院と養護院を設置することが決まったよ。俺の領でもだ」

これ大変でしたよ。僕らと関係者で資料まとめて、最終的に病院のほうは運営のマニュアル一冊作りました。厚生大臣に四回もダメ出し食らって再提出を繰り返し、納得いくものができるまで三か月かかりましたね。

「いいことじゃない」

「父上は金がかかるって頭を抱えてたけどな」

「病人が減り、死亡者が少なくなり、寿命も延びて人口も増える。身寄りをなくした子供たちも教育を受けて優秀な労働者になる。長い目で見ればお得でしょ?」

「お前大臣みたいなこと言うなあ」

「病院と養護院で働いていればそれぐらいわかるさ」

「あー、そうだったな。ってお前もしかして、親がいないのか?」

「いやさすがにそれはないけどさ……」

「兄貴が近衛騎士とか言ってたけどぜんぜん似てなかっただろ」

「大きなお世話だよ」

「……お前も苦労してんのな」

セレアとシルファさんは機織物《はたおりもの》で華やかな染め物の前でキャッキャウフフしております。やっぱり女の子はおしゃれに興味があるようで。

「ジャックって呼んでいいんだっけ？」

「特別に許す」

「はいはい。ジャックの領地の特産ってなんなのさ」

「乳製品だ。チーズとかバターとかはだいたい俺んとこの産物が国内に流通してるな」

「ほー」

「しかしこうして見ると王都ってなんでもあるな……」

「そりゃ国中の特産品が全部集まってくるからね。今日は特別だし」

「ぼやぼやしてっと今日中に全部回りきれねえ。急ぐぞ！」

各領地の特産品を集めた物産市、あちこち見て回って、僕も面白かったです。ほんといろんな産物があって、これとこれを組み合わせたらもっといい商売になるとか、これ投資して大規模にやったらいいとか、この機械は導入してどんどん普及させたいとか、ジャックと二人であーだこーだ。どれも興味深いですね。

「なんでお前そんな学あるの？」

って不思議がられちゃいました。

ちょっとやりすぎましたか。


セレアが買ってきたハンバーガーの袋とお茶のカップを受け取ります。袋を覗いてみるとちゃんと少しずつかじってあるんですよね。毒見してくれているんです。嬉しいですよねこういう心遣い。

カフェテラスも席が満席でして、しかたないので僕らは聖堂につながる石段にみんなと一緒になって座って昼食です。ジャックはどこからか買ってきた串焼き肉とサンドイッチばくばく食ってますが。

女の子たちは二人で珍しい焼き菓子だのキャンデーだのお菓子に夢中なようで。

ジャックがそれを見て、ぼそっと言います。

「……お前さあ、親が勝手に決めた婚約者がいて、将来の結婚相手がもう決まっちゃってるって、どう思う？」

「うらやましいご身分だと思うね」

「これだからガキは……。人の苦労も知らないでさ」

ふーとため息をつくジャックに笑いそうになります。

「子爵様のご子息ともあろう方が、どんな苦労してるのか興味あるなあ」

そう言われて、ジャックが頭を掻《か》きますね。

「わりい、その日の食うものにも困るような子供がまだまだいっぱいいるってのによ、俺の苦労なんて確かにお笑いだな……」

「僕は養護院や病気の子供たちをいっぱい面倒見てきたからね」

「すまん」

そう言ってセレアを見ます。

「シン、お前、あの彼女のことが好きか？」

「大好きだよ」

「……そう言えるお前のことスゲエと思うわ。将来結婚しようとか考えてる？」

「もちろんそうするよ」

実はもうしちゃっていますけどね。

「……俺、ちょっとそういうの、いいなって思っちゃうな」

ほー、けっこうロマンチストなんだジャック様。

「普通に出会って、普通に恋して、普通に恋愛したりとか、そういう経験ナシでいきなり結婚しちゃうって、なんか人生損してるような気がしねえか？」

「片思いにもんもんとしたり、告白して恥をかいたり、振られて落ち込んだりしなくていいから人生得してるんじゃないかと思うけど？」

「なんだそのドライな恋愛観……。お前は彼女とラブラブだからそんなことが言えんだよ！」

そう言って僕の頭を小突いてきます。まー、確かに、シュリーガンだったら「爆発しろやあああああ！」って叫んでるかも。

「あーわかった。要するに恥ずかしいんだ。照れくさくてダメなんでしょ」

「……それもある。だけどな、この先もっといい女とか、かわいい女に出会えるかもしれないじゃないか！」

「男ってやーねー。ハーレム願望でもあるのかしら？」

ダンスの先生の口調が出ちゃいました。

「いきなりなんなんだよお前……。気持ち悪いわ」

「あっはっはっは。でもさあなにが不満なわけ？　シルファさんかわいいし、なによりジャック、ちゃんと好かれてるじゃない。いい子だと思うけど？」

「まあお前の地味そうな彼女よりはな」

「……もういっぺん言ってみろや」

そう言ってジャックの頭を小突きます。

「わりい、今の失言。ごめん、いやマジごめん」

ジャックが頭を掻いて謝ります。

「セレアさん、素直そうで、一見地味だけどかわいいよな。優しそうだし、お前が惚《ほ》れるのもわかるわ」

「一見地味は余計だよ。手出さないでよ？」

「出さないって……。その、なんちゅうか、シルファもいい子なのはわかるんだけどよ、その、付き合ってて、子爵と男爵、貴族どうしの付き合いって感じって、どーしてもそうなっちゃうんだよな」

「ほー」

「壁があるっていうか、一歩踏み込んでこないというか、婚約者だから仕方なくそうしてるんじゃないかって、俺は思っちゃうんだよ……」

……なるほどねえ。

「ハルファに輿入《こしい》れしたサラン殿下、知ってる？」

「知ってる知ってる。王女様。大国ハルファの王子様と結婚したとか」

「結婚して二年だけど、今はもう子供が一人いて、二人目がお腹にいるの」

「へえ――！　ラブラブだな！」

姉上の、「ハルファの国をミッドランドの血で染めてやる」計画、着々と進行中です。

「サラン殿下は結婚するまで相手の顔も覚えてなかったそうだよ」

「ウソだろ……」

ジャック、驚愕《きょうがく》ですね。

「政略結婚か、恋愛結婚かなんて大した問題じゃないよ。大事なのは出会ってからってこと。恋愛ってのは一人でするんじゃないの。二人で根気よく育てていかなきゃ。もう少し彼女のこと、大事にして、好きになろうよ。結婚するまでまだ何年もあるんだからさ」

「……それもいいな」

「だいたい今いる婚約者にも好きになってもらえない男が、婚約者よりもっとかわいい女の子に出会ったからって好きになってもらえるもんかい。僕はそう思うね」

「ちげえねえや」

お昼を食べ終わってから、ジャックがシルファさんに手を差し出します。

「あの……、はぐれると面倒だからさ、手」

「……はい！」

シルファさん、びっくりしていましたけど、恥ずかしそうに手を出してつなぎ、ジャックが引っ張ってシルファさんを立たせました。


「お前さあ、うちの領来ないか？　雇ってやるよ。うちで勉強すればきっといい役人になる。俺の右腕にしてやるぞ」

夕方、ジャックに別れ際にそんなことを言われました。

「ヤダよ。僕は王都に仕事もあるし、セレアと別れる気もないし」

「そりゃそうか。惜しいなあ……。ま、俺のこと覚えといてくれ」

「はいはい。どうせまた会うことになるんでしょ」

「きっとだぞ」

そう言って握手します。

☆彡

翌日の、諸侯会議の打ち上げパーティーで、また会いました。いやあバツが悪い悪い……。国王陛下の前に、セレアをエスコートして会場に入りましたが、ジャックとシルファさん二人、口あんぐりでこっち見てましたね。

一通り関係者との挨拶が終わって、二人の元に行くと、もう最敬礼で頭下げてきます。

「こ、この、このたびは、まこと、殿下とは知りませんで！　失礼の数々！　なんとお詫《わ》びしてよいものか！」

「やめてよ。そんなのわかるわけないんだし、いつもの通りでいいよ」

「わ、わ、わたくしもセレアさん……セレア様のこと気づきませんで、重ね重ねの失礼を」

「頭を上げてください。黙っていた私たちが悪いんです。ごめんなさい」

「ちょっとちょっとちょっと、まずベランダに行こうよ。目立ちすぎるって！」

二人を引っ張って、ベランダに行きます。

「ほら、気にしないで。僕ら友達でしょ」

「……気づくべきでした。あとから思い出してみればヒントはいくらでもあったんです。考えてみれば殿下は最初から最後までずっと王子として発言していました。おかしいと思うべきでした」

「わたくしもです……」

「いいからさ。いまさらそういうしゃべり方やめて。さ、公私は分ける！」

二人、ようやく顔を上げてくれます。

「これからもシンでいいし、お前でもてめえでもなんでもいいよ。公《おおやけ》の場でなけりゃ今まで通りで頼むよジャック。同い年じゃない」

「シルファさんも。これまで通り、私のことはセレアでお願いします」

「は、はあ……」

まあすぐには無理かな。

「二人、フローラ学園に来るよね」

「はい」

「だったら学園では僕らと仲良くしてよ。今から頼んどくよ」

「はい」

「ハイじゃなくて！　そこは『いいぜ』で！」

「わかった……。じゃねえ、いいぜ」

「そうそう」

そう言ってみんなで笑います。二人、ちょっと顔がこわばっていますが。

「……殿下は、なんで俺のこと許してくれるんで？」

「君、最初は僕のこと平民だって威張っていたけど、だんだん僕のこと友達だと認めてくれたじゃない」

「あれは、俺よりずっとデキるヤツだと思ったもんで、それで……」

「僕も同じだよ。君たちは身分なんて気にしないでつきあえる友達になれるって、僕は思ったんだ」

「私もそう思います。シルファさんは私のことずっと同じ女の子だと思って話してくれました。平民の子だって見下さずに」

「……わたくし、殿下の婚約者だとも知らず、いろいろ相談しちゃって……」

シルファさんが真っ赤です。

「なに相談したの？」

「乙女同士の秘密ですっ！」

セレアにむくれられちゃって、それ以上追及できませんでした。どうせ、どうやったらジャックともっと仲良くなれるかとか、そんなことでしょ？

……あ、そうすると、僕のはずかしい話もいっぱいしちゃったんじゃないのセレア……。

音楽が変わります。

「さ、ダンスタイムだよ！　行こう！」

ベランダを出て、セレアの手を引いて、ダンスホールの中に進みます。

大勢の諸侯、子息子女たちと一緒に、シュトラウツの指揮するワルツに乗って、優雅に、二人で踊ります。もう僕らもちゃんとした大人ダンスですよ。会場からほーっと、感嘆の声がします。

僕が世界一、セレアを美しく、優雅に見せるリードができるダンスパートナーです。これぱっかりは譲れませんて。

特別なドレスじゃない。シックで目立たず、控えめな少女のセレアですが、この時ばかりは会場の視線を独り占めするパーティーの主人公。そういうダンスを踊らなくっちゃ。ほら、ムーンウォークでつぃーつぃーつぃーつぃーつぃーっと！

会場から、おおおお？　ってどよめきが上がりますよ。こういうのは手品と同じなんで、やってみせるのは一日に一回だけってのがコツですね。

そうそう、セレアのスカートもちょっとだけ短くして靴まで見えるスカートにしましたから。ご夫人のスカートは普通、ヘタなステップでもバレないよう靴が見えないようになっているものです。

これが見えるスカートをはくってのは、よっぽどダンスに自信が無いとはけないもんです。

一曲終わって、他の子供たちと一緒に拍手を受けて会場の皆様にご挨拶。二人で壁の花になっているジャックとシルファさんの元に行きます。

「シルファさん、二曲目、ぜひわたくしと」

「そんな……殿下となんて」

「淑女たるもの、紳士に恥をかかせてはいけませんよ?」

「はい……」

そう言ってシルファさんの手を取ります。

「さあ、ジャック様、乙女に恥をかかせるものではありませんよ?」

「いや俺マジ下手で……」

「気にしませんわ、いらして」

セレアもジャックの手を引いて中央に進みます。

すいすいすい、くるくるくる。ずんたったー、ずんたったー。あははは！

セレアにリードされてジャックもなんとか様になってますね！

ダンスはね、ヘタだってカッコ悪くたって、全然かまわないさ！

楽しければそれでいいんだよ。わかったかい？
さ、ジャック、シルファさんとも踊ってよ。

5章 異世界の前世知識

　あれから一年が経《た》ち、僕らが十三歳になると、スパルーツさんの研究も目に見えて成果が上がってきました。血清による治療、ジフテリアと破傷風についてはほぼ確立されまして、現在は学院の厩舎《きゅうしゃ》でジフテリアと破傷風の抗体を持った馬が飼われていて、患者の発生に備えています。患者が発生したら、この馬から血を抜いて血清を作り、投与する態勢ができたんですよ。すごいですね。

「そんなわけで、この論文にはセレア様の名前も共同研究者で入れさせてもらいました！」

「いえいえ！　私そんな大げさなことしていませんし！　ちょっと知っていたことをお教えしただけですし！　共同研究者なんてとんでもない！」

　ひさしぶりに研究室を訪問しますと、あいかわらずテンション高いスパルーツさんが研究結果を嬉《うれ》しそうに次々と報告してくれるんですよね。しかし、共同研究者にもセレアの名前を入れちゃうってのはすごいなあ！

「安全性が確立されてからにしてほしいです……。ヘタしたらそれで死ぬ人だっているんですから」

「今のところは。注意されました通り、アレルギー反応のチェックをしてから投与するようにしていますし、カルテを普及させてくれたおかげで過去の治療歴も残っていますから、アナフィラキシーも防げています。本当にセレア様のおかげです」

医学会でのセレアの名声も上がるってもんです。僕はちょっとうれしいかな。なによりこれでセレアの発言力が上がることが期待できます。

「それで、血清治療の応用なんですが、こちらはちょっと手詰まりです。毒へビの毒にも効くというのは興味深いんですが、わが国には毒へビ、毒グモなどがいませんから。遠い外国では冒険者がヒドラに襲われて命を落としたという例はありますが、まさかヒドラを捕まえて毒を採取するというわけにもいきませんで」

「でしょうねえ……」

モンスターを生け捕りにしなきゃいけませんもんねえ。セレアが「野口英世《のぐちひでよ》ってお医者様が、毒へビをたくさん飼って、毒を集めて血清の研究をしていました」って事例を教えてくれたんですけど、この国では出番がないみたいです。

「血清には『抗体』が含まれるというのまでは証明ができました。細菌が作る毒素を中和してくれるわけですね。毒へビに効くのもそのためだと思われます。免疫が移動するわけではないのです。実際に細菌を殺し、病気の治療をしているのは免疫を獲得したボクらの体そのものなんです。ボクは今、この菌そのものをやっつけることができないかを考えていますが、どーも行き詰まっているところでしてねえ……」

今でも十分な成果を出していると言えるスパルーツさんですが、医術の道は果てしないですね。

研究室、大きくなって、菌を培養しているシャーレも増えました。色とりどりの菌が保温庫の中で成長中です。

「これがジフテリア菌、これは破傷風菌、ボツリヌス菌……。顕微鏡のおかげで多くの菌を分離、培養できるようになりましてね。緑膿菌《りょくのうきん》、ブドウ球菌……」

「すごいですね」

「まだまだです。狂犬病、天然痘、普通の風邪、感染性があるのに菌が発見できない病気も少なくありません。これらについては今でも発生源が全く不明なんですよ」

これにはセレアも困っちゃいますね。十歳の知識ではそこまではさすがにないのかも。

「先生！　ちょっと衛生の人が来てるんですが！」

「あ、あの、ちょっと待って。今こっちに王子様が来てるからね!?」

研究員の人に声をかけられてスパルーツさんがあわてます。

「いえ、僕らおとなしくしていますので行ってきてあげてください。緊急でしょ？」

「はあ、いやいや王子様をお待たせするわけには……。大切な研究のパトロン様ですし」

「気にしないで」

「すみません。すぐ戻ります！」

そう言うと、研究室を出ていっちゃいました。

「……これ飲めるのかな？」

スパルーツさんがビーカーに入れてアルコールランプで沸かした紅茶を出してくれたんですが、こんなに菌をいろいろ見せられたあとだとさすがに飲む気が起きませんね……。アルコールはこんなふうに燃料にもなります。植物油のランプと違ってススも匂いもありませんので上流階級でのお茶会で人気になっちゃって。僕はこれ、元は医療用として産業化した経緯を知ってますんで、なんだか無駄遣いしてるような気がしますけど。

セレアが研究室をフラフラ見回して、スパルーツさんの机の上に置きっぱなしになっているパンを見ます。いつのパンだよ……。カビが生えちゃってます。研究に夢中なんですね。セレアがその古いパンをつまみあげて、菌の保温庫を開きます。

「ちょ、セレア？　ダメだよ！　勝手にいじっちゃ。それに危ないよ！」

セレアが口の前に指を立てて、しーってします。え？　え？　え？　なにする気？

勝手にシャーレを開けて、パンの青カビを削り落として振りまきます。

えええええええ――――??

「（なにやってんのセレア！）」

「（実験です！）」

いたずらっぽく笑って、保温庫を戻し、アルコールランプの芯を外して、手のひらにアルコールを振りかけてよく揉《も》み擦《こす》ってから、水場でせっけんで洗い、カビだらけのパンもアルコールを振りかけてから生ごみに捨てています。

「誰にも言ったらダメですよ」

「先生困っちゃうよ。細菌に青カビ生えちゃうって。研究邪魔してどうすんの」

僕はセレアがなんでこんなイタズラするのか、全然意味がわかりませんね。

スパルーツさんが戻ってきました。

「いやいやいや、お待たせしました。こっちに病気の馬がいるとか話を聞きつけて見に来たみたいで。まだまだ説明が面倒くさいですな」

「さっきの狂犬病と天然痘なんですけど」

セレアが話を戻すと、スパルーツさんが目を輝かせて身を乗り出しますね。

「はい！」

「それ、ウィルスっていって、菌が顕微鏡でも見えないぐらい小さいはずです。シャーレでも培養できないですし」

「ええ――――！」

スパルーツさんがガックリしますね。

「……そんな見つけられない菌、どうしようもないですよ……」

セレアのいた世界、医学すごいです。そんなものが存在してるってわかってるってことですからね。

帰りの馬車で、なんであんなことやったのかセレアに聞くと、「青カビから薬ができるんです」って言うんですよ。びっくりです。

「スパルーツさんみたいにシャーレで菌を培養する実験をしていたお医者様がいたんですが、シャーレにカビが生えちゃったんですね。で、最初は失敗したと思ったんですが、よく見ると青カビが菌を溶かしちゃってるのを見つけたんです。それで、青カビには菌を殺す力があるって発見して、それを取り出したのがペニシリンって薬で、なににでも効く万能薬みたいになりました」

「よく知ってたねそんな話」

「『失敗は成功の元』ってたとえ話で必ず出てくる有名なエピソードで、私の国の人はみんな知っている話なんですよ」

「……すごいなそれ。でもそれだったら、そうだって教えてあげればいいのに」

「スパルーツさんだったら、きっと自分で気が付くって思って」

「そんなに共同研究者にされちゃったのイヤだった？」

「イヤ！」

なんでえ？　わかんないなー。まあいいか。今後に期待しましょ。

「狂犬病と天然痘は？」

「この世界にホルマリンがあれば、ウィルスを弱毒化してワクチンが作れるんですけど、電子顕微鏡もないしウィルスの発見はまだまだ先になっちゃいますね」

ごめんなに言ってんのか一言もわからない。

「そのうち牛痘にかかって治った人は天然痘にかからないって話もしてみようと思います」

ごめんそれもなんだか全くわからないよセレア。

馬車で通りかかった街角にハンス商会のコンビニエンスストアがあります。

流行《はや》っているようです。これもセレアの予想どおりですね。夜や早朝だけでなく、日中もたくさんのお客さんがやってきます。弁当と飲み物がよく売れるようです。

お茶、といいますと、僕らはお湯で飲むものと決まっていましたが、冷めているお茶を瓶詰めして売れるもんかとおもいきや、これが売れるんですよね！　びっくりです。お茶はあたたかいものという僕らの固定観念をひっくり返す大変な発想の転換と言えるかもしれません。

いつでも開いていて、いつでも買い物ができるせいで一部の市民のライフスタイルも変わりました。自分で料理をせず、弁当で済ます人が増えています。お母さんや奥さんに弁当を作ってもらっていた人も、コンビニで済ますようになっている人がいるんです。まだ一部ですけど。結婚しなくても独身で不自由しないということになり、これは国民の晩婚化を招くのでは？　と危惧する人もいます。

もちろん、自分で作ればいい弁当をお店で買うのだから、それにはお金が余計にかかります。コンビニの弁当は市内のハンス料理店で大量生産していますから、富の集中が起こり始めています。

コンビニに依存すると生活は確かに楽になります。夜遅くまで仕事ができます。コンビニのおかげで長時間労働ができるようになりました。でも長時間労働して稼いだお金をコンビニに吸い上げられているんです。そういう批判も出てきました。

まだ王都に二店舗だけです。大した勢力じゃありません。でもセレアが言うように、街がコンビニだらけになり、既存の小売店、食料品店を次々に廃業に追い込むようなことになる前に規制も考えないといけないかもしれません。

「……今は七時から十一時までですけど、そのうち二十四時間営業も始めるかもしれません」

セレアが馬車の窓からお店を眺めて、そんなことを言います。

「二十四時間！　そんなのお店で働いてくれる人いるの⁉」

「交代で店番をやるんです」

「そんな夜遅くに買い物に来る人いるかなあ……」

「コンビニには人の生活時間を変えてしまう力があるんです」

「怖いね……」

着々と勢力拡大中。ハンス商会の娘、リンス、恐るべし。今後も監視を続けなければいけません。

☆彡

今年の夏は暑くて、みんなぐてーっとしています。

国王陛下である父上と母上も避暑の準備を始めました。そんな時、ジャックから手紙が来ましたね。王都から四つ離れた北方の、ジョージ・ワイルズ子爵領。そこに住んでいるあのジャックシュリート・ワイルズからです。僕と同い年の、あの俺様キャラから。友達ってことになっていますからねえ。

「今年の夏は暑いそうだな！　俺の屋敷に避暑に来いよ。歓迎するぞ！」という内容をもったいぶった貴族っぽい言い回しで書いてあります。

ジャックとは、あれから何度かパーティーで顔を合わせ、だいぶくだけた関係になりました。もちろんシルファさんもいっしょです。同じ便せんに、「セレア様もぜひごいっしょに、シルファ」と追記されていました。どうやら仲良くやっているようです。

父上と母上に許可をもらい、セレアと一緒にお出かけすることになりました。

よく許可が出たなあと思いますが、まあそこはシュリーガンとベルさんも一緒ですから。

王宮からは避暑に向かう国王陛下夫妻の護衛が割かれますので、僕らは例によって平民のふりをして駅馬車隊に混ぜてもらって行くことになりました。

四人乗り馬車で、御者はシュリーガン、客車には僕とセレアとベルさん。二泊三日で到着予定です。

王都からほとんど出ることがない僕らには窓から見える風景や道程が楽しいですね。商人たちや旅人と、それを護衛する冒険者ハンターと呼ばれる人たちも興味深いです。僕はもちろん出発に当たって、「見聞を広めよ」という国王陛下の厳しい言いつけがされていますが、まあ夏休みってことで。

夜は宿に泊まらず、キャンプなんですよね。テントでいっしょ。僕とセレアも、一つのテントでふたつの寝袋で眠ります。

一緒に寝るのって、ひさしぶりだなあ。雷の夜以来かな。いや、病院の資料作りで床の上に寝ちゃったことも何度かあったたか。寝袋にくるまってすうすう眠るセレアの寝顔、かわいいです。


「いやあよく来たなあ！　ひさしぶり！」

出迎えてくれたジャックとシルファさんとぱーんって手を打ち鳴らしてハイタッチします。

「めちゃめちゃ疲れた――。長かったよ！」

「悪い悪い。なんにもない所だけど、まあ王都よりは涼しいいし食い物もうまいから、そこは期待してくれ」

「頼むよ！」

シルファさんとセレアも抱き合って久々の再会を喜んでいます。出迎えに並んでいたメイドさんたちも執事の方もびっくりしていますね。王国の第一王子が、こんな田舎領の子爵子息とこんなに気楽な友達付き合いしているなんて思ってもいなかったようで、あわてています。

「このような田舎領にわざわざ出向いていただいて、誠にありがとうございます」

ジャックのご両親である領主のジョージ・ワイルズ子爵御夫妻がきっちり頭を下げてくれます。

「厄介になって申し訳ありません。ご迷惑をおかけいたしますがお許しください」

そう言ってセレアと一緒に、作法通り挨拶します。

その後、お付きのシュリーガンとベルさんには個室が与えられ、僕らの部屋に案内されました。

僕らの？　別室じゃないの？

……どーんとでかいベッドが二つ並んでる客室に案内されちゃいました。うわあ、気まずいです。

「こりゃいいお部屋ですな」

トランクをいくつもかかえたシュリーガンとベルさんが、どすどすと遠慮なく部屋に荷物を置いています。

「お嬢様、お着替えします。殿方はご退出ください」

ベルさんに追い出されちゃいました。廊下に立ってた僕とシュリーガンにジャックが声をかけてきます。

「シン、カードやろうぜ！」

「……あのさあ、なんで僕ら一緒の部屋なの？」

「なにも問題ないだろ、婚約者だし。うちはお客はその部屋って決まってんの」

「あのねえ……。まあそれはあとで。それより着いたばっかりなんだから、なんか飲ませてよ」

「そりゃそうだな。悪い悪い。サロンに行こうぜ」

「あの、この部屋で頼めない？」

「そうだな、それもいいな。シルファ呼んでくるわ」

ベッドのある部屋にセレアと二人って、間が持たないような気が……。

部屋のドアが開いて、ベルさんが顔を出します。

「よろしいですよ」

入ると、セレアが涼しげなノースリーブのワンピースに着替えていました。窓とカーテンも開けられ、風がそよそよと吹き込んできます。やっぱりこっちは北方だけあって涼しいですね。

メイドさんが飲み物を運んできてくれます。ジュースに氷が入ってます！

「氷！　こんな真夏によく用意できたね！」

「湖に張る氷を冬のうちに切り出して、地下の室《むろ》に保存しておくんだ」

「贅沢《ぜいたく》だなあ……」

「来てよかっただろ？」

飲んでみると冷たくておいしいです。さすがは北方の領地ですね。王都のうだるような暑さとは違います。来てよかった。

夕食まで、時間がありますので、シルファさんも交えて四人でカードやりました。絨毯《じゅうたん》の上に四人で座って、クッションの上にカードを置いて、大富豪です。

「おもしれえなこれ！」

ジャックが大喜びですね。ルールが行き渡ったところで、本格的に始めますよ。

遠慮なく勝ちに行きます。

「つ、強えぇなシン……」

「ジャックはね、大きい手ばかり狙うからあとが続かないんだよ。こういうのは地道に出せるカードを確実に出すほうがいいんだよ」

「つまらねえ張り方するねえお前は」

シルファさんがジャックをにらみますね。

「未来の国王がジャック様みたいな運任せの逆転ばっかり狙ってたら、国民が不安になりますって。堅実さも王たる者の資質です。ジャック様も貧民のせつなさを少しは味わえばいいんです！」

「出ました、シルファの優等生発言」

ジャックがシルファさんをからかいます。うん、なんか仲いい二人見ると安心ですね。これならヒロインさんが現れても、大丈夫でしょう。

「革命！」

「ぎゃあああああ！」

……セレア、それはないいんじゃない？　君が僕をド貧民に突き落としてどうすんの。

その夜は夕食会を開いてもらいました。毎晩ってわけじゃなくて、歓迎の今日だけです。「あとは自分の家だと思って、ゆるりと過ごしていただきたいですな」とあたたかいお言葉をいただき、お礼を言いました。浴場でお風呂をいただいてから、ぱったりと眠ります。さすがに疲れちゃいました。

☆彡

翌日、湖に連れてこられました。

「我が領自慢の湖でね、水のきれいさは国一番だと思うよ！」

確かに水がきれいで、嫌な臭いもせず、そのまま飲めそうな水ですよ。これは嬉しいな！

トランクスの水着の僕らの元に、着替えたシルファさんとセレアが来ました。シルファさんはふわふわのフリルのついたツーピース。セレアは黒のワンピースです。

「………」

しばらく無言の後、ジャックが親指を立ててニヤリ。

「俺の勝ちだ」

このやろう……。セレアだってこれからまだまだ大きくなるからね？　シルファさん、十三歳だとは思えないぐらい、もう立派ですけどね。僕は母上と姉上がおっきかったから、おっきいのってそんなにいいかなあって思っちゃいますよ。今のセレアのほうが断然素敵でしょうが。

「さあ！　シュリーガンプートキャンプへようこそガキども！　今日から徹底的に鍛えるから覚悟しろよ！」

ぴっちぴちのパンツをもっこりさせてシュリーガン登場！　いやいやいやいや、なにを始める気さシュリーガン！

「王都周辺では泳げるような場所がないっすからね、殿下も坊ちゃんも、泳ぎを叩《たた》き込むっす」

「えーえーえー……」

「殿下、泳げるんすか？」

「泳いだことはないけどさ……」

「坊ちゃんは？」

「俺は、まあまあ」

ジャックの返事にうんうんとシュリーガンが頷《うなず》きます。

「人間は動物と違って、本能的に泳げないっす。人間は泳ぎを習わないと泳げるようにならないんすよ。二人とも貴族たるもの、泳げるようになってもらいますよ」

「必要あるの!?」

「ありますって。戦争で背後は川、前には大軍が攻めてきたとして、どうするっす？」

「そりゃあ、踏みとどまって闘うよ」

「愚策！」

「船を出してもらえばいいじゃん」

「遅い！」

ちっちちっちってシュリーガンが指を振ります。

「戦場では生き残ることが第一っす。そこは川を泳いで渡るが正解っす。そんなふうに追い詰められているのはもう負け戦っすよ？　いいっすか？　戦争ってのは勝てるアテがないならやらないことです。追い詰められるような状況に陥るなんてそれは作戦が悪いからっす。そんなバカ作戦立てた上官に命を捧《ささ》げる必要はありません。生き残れば次の機会があります。勝てる作戦を立て直してもう一度挑むのが正解っす。負け戦で死ぬのはまったく意味がないんすよ。覚えといてください」

「すごいなお前。ほんとよくそれで近衛兵が務まるなあ！」

「……殿下、坊ちゃんみたいな王侯貴族は、まず他国と戦争にならないように、平和的に解決できるような外交に力を尽くしてください。それでもやむを得ず戦争になるのなら、死ぬのは俺らの仕事なんす。殿下は生き残ること以外なにも考えなくていいんすよ。わかりましたね？」

……頭が下がる思いがします。シュリーガン、そこまで覚悟があるんですね。

僕とジャックで、あらためて、起立し、「イエス・サー！」と返事します。

「じゃ、足のつくところから、立ち泳ぎ。これしっかりできるようになってもらうっす」

「うへえ……」

「俺ら、これ軽鎧《けいがい》着たままやるんすよ？」

「わかった、わかったよ……」

「あの、私たちはどうしましょう……」

セレアとシルファさんがおそるおそる聞いてきます。

「嬢ちゃんたちは好きに遊んでてください。ベルさんに任せますから」

ベルさんが来ました。

黒いツーピースでしなやかな体をわずかに隠し、腰にひらりとパレオを巻き、素晴らしく美しい脚、くびれたウエスト、ふっくらと尖《とが》った形のいい胸の間にできた谷間にしっとりした色気がただよって……。その圧倒的なオトナ感……。僕たち、なんてガキなんだと、これが「女」なんだと、なんだか見てしまったことを土下座して謝りたくなるほどの色気です。

「……負けた」

あのねえジャック、セレアもシルファさんも、なにより僕らも十三歳なんだからさ。大人の女性と比べちゃダメだよ。僕らには比べる資格もないよ。身の程をわきまえようよ……。

それにしても僕は、ベルさんの腰のガーターから吊《つ》り下げられたやわらかそうなふとももに巻いたベルトに投げナイフがついているのが気になっちゃうんですけど……。

「……ベルさん、もしかしてその投げナイフ、いつも身に着けてるの？」

「当然です」

「……ベルさんって何者なの？」

「コレット家セレア様付きメイドです」

これ以上聞いたらダメみたいです。

一瞬、ぽかーんとなったシュリーガン。おまっ、そのぴちぴちパンツの股間、なんとかしろ！

「さ、こんな脳筋バカどもはほっといて、私たちは優雅に水遊びいたしましょ」

キャッキャウフフして水と戯れる女子たちの横で、僕らは男三人、ずーっと立ち泳ぎと、横泳ぎの実戦泳法、やらされました……。

僕らここにこんなことやりに来たの？　ジャックと水につかりながら、二人で愚痴ります。

「お前いつもこんなことやってんの？」

「……十歳からずっとだよ」

「王子って、大変なんだな……」


もらった部屋で、二人で夕食にします。

「でも二人、仲よさそうで安心したね」

「はい！」

「セレアがシルファさんの相談に乗ってあげたおかげかな。どんなアドバイスしたの？」

「……内緒ですよ？」

「うん」

セレアがちょっと赤くなって、はずかしそうに言います。

「身分のことなんか、忘れたほうがいいですよって」

「あー、子爵と男爵だもんね」

ジャックが子爵家子息、シルファさんは男爵家令嬢です。ジャックのほうが格上だもんね。

確かゲームの攻略だと、プライド高いオレ様系ジャック。逆に、身分を気にしないでかまってくるヒロインさんにコロッとまいっちゃいます。そうなると、身分差を気にして遠慮してくるシルファさんがつまらなくなり、どんどん関係が悪くなっちゃうんですよね。

「ジャックさんは、普通の女の子として飾らないシルファさんをちゃんと受け入れてくれますよって」

「そうだよね。初めて会った時も、僕らのこと、平民だと思ってても友達になってくれたもんね」

二人で笑います。

「シン様はどんなことをジャックさんに言ったんですか？」

えーと、なんて言ったっけ。

「政略結婚か、恋愛結婚かなんて大した問題じゃないって。大事なのは出会ってからってこと。彼女のこと、大事にして、好きになろうよって」

セレア、真っ赤になって、顔に手のひらをくっつけます。

「……嬉しいです」

僕も赤くなっちゃいます。まんま僕らのことですもんね。

寝る前に、セレアのベッドに跪《ひざまず》きます。

「おやすみのキスしていい？」

ちょっと身を乗り出して、しちゃいました。

☆彡

王宮に帰ってからは、すぐに公務に戻ります。シュリーガンブートキャンプのせいで、毎日泳ぎだの、乗馬だの、弓だの、剣だの、夏休みを楽しんだ気が全然していませんけどね僕は。まあどれも広々として雄大なワイルズ子爵領ならではって感じで、これ王宮でやるとしたら騎士団の連中と一緒になって馬場や弓場でやらないといけませんから、いい経験だったとは思います。

鍛錬の合間に毎日ジャックとシルファさんと四人で、お茶したり、ピクニックをしたりしてましたんで、もうすっかり仲良くなりました。親友と言っていい関係ですね。

セレアに言わせると、ジャックはゲームのキャラみたいな、尊大で気取ってて威張ってて、それでいてコンプレックスに悩み、シルファさんをないがしろにするような態度がまったくなくなりまして、びっくりするほど性格が変わったそうです。僕らがいないと二人でイチャイチャしてるんですよ？

なんだかなあ。

「シン様のおかげです。シン様がよき手本になってくださったから」

セレアはそう言いますけどね、要するに二人とも僕ら見ててうらやましくなっただけなんじゃないかと思いますけどね、僕は。

王都では連日の猛暑で、養護院でも、病院でも、熱中症の患者が出たようです。病院では水を絞ったタオルを当てて、養護院の子供たちには大浴場を水風呂にして入ってもらったりして、大事には至りませんでしたが。

病院では、「氷が作れればいいんですが……」と言われました。病院の監督も僕らの仕事ですから、解決したい問題です。お湯を沸かしたり、熱する方法はいくらでもあるこの世界ですが、氷を作る技術はまだありません。魔法使いさんができるって話は聞いたことがありますけど。姉上の嫁いだ先進国のハルファは優秀な魔法使いを何人も抱えていて、それが強国の強国たるゆえんです。病気やケガも魔法で治しちゃうとか。僕らのような中堅国家はまだそのような体制が整備されておりません。風邪や流行の病で高熱を出す人がいっぱいいますし、打撲傷ややけどなどにも、冷やしてやると楽になるのはわかっているんですが、魔法使いがいませんので、氷ってのが作れないんですよね。どうしたらいいもんか……。

王宮に戻ってから、セレアの部屋でのんびりしようとすると、「私の世界では冷蔵庫ってのがありました」ってセレアが言うんですよ。

「それどんなの？」

「食べ物を保存しておく箱で、中が冷たくなるんです」

「そりゃすごい！　いったいどうやって？」

「……電気でモーターを回しているってのは私でもわかるんですけど、どうやって冷たくなるのかってのは私も全然知らなくて」

か――！　惜しい！　それぜひやり方知りたいところですね！　そもそも知らないんじゃ、思い出すこともできませんね。残念です。「電気」とか「モーター」とか、全然意味わかりませんしね。

「この世界ポンプってありますよね？」

「そりゃああるよ。水をくみ上げたりするのに。ほら厨房《ちゅうぼう》にも地下水をくみ上げる手漕《てこ》ぎポンプがあるし」

「真空ポンプってあるでしょうか」

「それどんなの？」

「空気をどんどん吸い出すポンプです」

「水がくみ上げられるなら空気だって吸い出せそうだね……あるかどうかは知らないけど」

セレアがうーんって考えこんじゃいます。

「水を入れた容器を、しっかり蓋をして、中の空気をどんどん抜くと、水が凍っちゃうってのを教育テレビで見たことがあります」

テレビってなに？

「え、水って、空気抜くだけで凍るの？」

「はい」

「なんで？」

「わかんないです」

わかんないよねー。僕にもまったく理解できませんもん。

「……それ、学院の人に相談してみようか」

「はい！」

翌日、スパルーツさんもいた学院を僕一人で訪れて、物理の先生に会ってみます。今日はセレアはお妃《きさき》教育で王宮にいないといけませんから来ていません。

「それなら最近、アルコール温度計を発明した男がいましてね」

「アルコールで温度計ですか⁉」

僕らが量産に手を貸したアルコール、妙なところで役に立ってますね……。

話を聞きに行きますと、セルシウスという若い研究員の人が対応してくれました。

「私はアルコールの物性を研究していて、熱で大きく膨張する液体ということに気がつきまして、それで温度計を応用で作れないかと思いまして」

そう言って、その温度計というやつを見せてくれます。

「こうして着色したアルコールをガラス管に封入して、熱で膨張したアルコールが細管を上下して温度の高さがわかるように作ってみたんです。今までは水銀を使っていましたが、水銀はご承知かと思いますが毒がありますからね、これでも氷水から沸騰水まで温度が測れますよ」

そうして、アルコールランプでお湯を沸かして、温度計を入れて見せてくれます。

「王子様がこういう研究に興味を持ってくれるのは嬉しいですな！　ご承知でしょうか。沸騰水というのはいつも温度は一定なんですよ。いくら火を強くして沸かしても水はそれ以上には上がらないという温度があるんです」

面白いですね！　水にそんな特性があったとは。言われてみれば確かに、水って、火さえ強くすればいくらでも熱くなるってわけじゃありませんね。どんどん湯気になっちゃいます。

「で、氷水ってのは？」

僕が知りたいのはそっちのほうでして。

「今は夏ですから氷はありませんけど、氷水も一定の温度で変わらないんです。冬になったら、水たまりに張った氷で見せてあげられるんですけど」

「その、実は相談に来たのはその氷の作り方で」

「え……。そんなの外国の魔法使いさんにでも頼まないとダメなんじゃゃ？」

セルシウスさんもびっくりですね。氷を作るって発想がなかったってことになりますか。

「真空ポンプってありますか？」

「ありますよ。この温度計もガラス管を真空にしてアルコールを吸い上げて作りますから」

「それです！　それ使うと氷作れるんです！」

「ええ――――!?」

セルシウスさんもびっくりです。その真空ポンプってやつ、見せてもらいました。手回し式で、ハンドルをグルグル回すとピストンがしゅぽしゅぽ動いて、ガラスの容器の中を真空にするって構造です。これで温度計のガラス管の中の空気を抜いて、アルコールを詰めるんだそうです。

「水を真空の中に入れると凍るはずなんですけど」

「……ホントですかそれ？　初めて聞きましたよ」

「僕も見たことはないんですが」

「やってみましょうか！」

ビーカーに水を入れて、ガラス容器の中に入れます。それから、管を真空ポンプにつないで、ぐるぐるセルシウスさんが回します。

……いくらやっても変化がないですね。

「ほんと……なんですかねっ……、それ……っ」

ポンプを回すセルシウスさんも疲れてきたみたいです。

「交代しますよ」

「いや王子様にそれをやらせるのは……」

「言い出したのは僕ですから」

「はあはあぜえぜえ……。じゃ、ちょっと人呼んできます。続けて、続けて」

何人も集まってきちゃいまして、なんてったってこの国の王子が必死に真空ポンプのハンドルを大汗かいてグルグル回しているんだから、なにやってんだってことになりますよ。

「交代しますよ、殿下」

みんなが、かわるがわる回してくれるんですが、そうするとガラス容器の中のビーカーの水がこぽこぽと沸騰し始めました。

「え、水が沸騰してる……」

「えええ？　なんで？」

「火もないのになんで!?」

「真空にすると水って沸騰するのか！」

研究員の人がみんなびっくりしていますよ。

「ちょっとまって、氷作るんじゃなかったっけ？　沸騰しちゃダメだろ？」

「熱くなってるんじゃないの？」

「確かめてみるか」

なんだかんだ話し合って、みんなで触ってみることになりました。

あーあー、せっかく空気抜いたのに、また空気入れちゃうことになりましたよ。弁をひねって、しゅーってガラス容器に空気が入って、容器を持ち上げてみました。

「冷たい……」

僕も水の入ったビーカーに触ってみました。冷たくなっています！

「えーえーえー？　なんでなんで？」

研究員の人たち、みんなびっくりですね。

こうなるとがぜん、みんなやる気になります。学者さんってこういうところが面白いですね。もう一度管をつないで容器を密封し、みんなで交代でどんどんハンドルを回して最初からやり直してくれます。大勢の人でがしゃがしゃ、しゅぽしゅぽハイペースで実験が進みます。

ぼこぼこ、沸騰していたビーカーですが、そのうち沸騰が収まって、水面が静かになります。

みんな上着も脱いで上半身裸で大汗かきながらハンドルを回して観察してましたが、突然ビーカーにぴしっとひびが入ります。

「え……」

みんなびっくりです。水のビーカーにひびが入ったのに水が漏れません。

「まさか……」

もう一度空気を入れて、容器を開き、おそるおそるビーカーに触ってみます。

「凍ってる……」

「凍ってるぞ」

「氷になってる！」

「やったあああああ！」

なんだか知らないけど大騒ぎになりました。

「大発見だあああああ！」

「こんなに簡単に氷が作れるなんて！」

いや簡単じゃないよ。十人がかりで大汗かいてハンドル回してたじゃない。

「この原理研究してみます！　装置も大型化して、氷を量産できないか検討してみますよ！」

セルシウスさんが僕の手を握ってぶんぶん振ってくれますね。

「お願いします。病院で高熱を出した患者のために氷が作れないかって考えたんですが……」

「やります、やらせてください。成功したら真っ先に病院に納入しますよ！」

期待できそうです。あとは任せましょう。


学院から王宮に戻りますと、セレアがレッスンが終わって三時のお茶していました。

「セレア！　氷できたよ！」

「え、どうやってですか？」

「真空ポンプで空気抜いたら、水が凍ったの」

「そうですか。よかったですね」

……反応薄いな。

「学院の人はみんな大発見だって喜んでいたけど……」

「え……」

そっちのほうにセレアがびっくりしています。

セレアにしてみれば見たことあるし、あたりまえのことなのかもしれませんね。

☆彡

数日経つと学院から連絡が来て、蒸発熱がとか気化熱がとか説明されましたけどよくわかりませんでした。

「水は沸騰すると、湯気になって熱が逃げ、それでそれ以上温度が上がらなくなるでしょう。空気を抜くと、ムリヤリ沸騰させることになるんです。蒸発で熱を奪うことができるんですよ。気化熱と呼ぶことにしました。消毒にアルコールで皮膚を拭くと、ひやっとするでしょ。それと同じなんです」

同じかなあそれ。僕、熱をポンプで吸い出したんだと思ってました。違うみたいです。

とにかくこれで氷が作れるということで、他部署とも協力して装置の大型化に取り組むそうです。

ポンプを回すのは風力か水力か、最近、実用化された石炭を燃やして動かす蒸気機関を使うかして、氷を量産できる装置を作りたいんで、予算を申請するから研究者の名簿に加わってくれってことです。

「いえ、水を真空にすると凍るってのは、僕の婚約者のセレアが言ったことですから、セレアの名前を載せてください」って言うとみんなびっくりしていましたね。またセレアが、論文に共同研究者として名前が載っちゃいそうです。

「ほら、氷水は氷の量に関係なく、一定の温度なんですよ！　温度ってのは今まで温度計によってバラバラでしたが、私はこれを０℃ってことにして、沸騰した水は１００℃って基準を作ろうと思うんです！」

氷を入れたビーカーに温度計突っ込んで、セルシウスさんが見せてくれます。

そこに戻っちゃいますかセルシウスさん……。

6章 学園入学前夜

十四歳の僕たちにおめでたいニュースが届きました！

シュリーガンとベルさんの結婚が決まったんです！

……やるなあシュリーガン、あの顔で。ベルさんは最初からシュリーガンの顔、まったく気にしていないようでしたが、まさか結婚までする仲になってたとは思いませんでしたよ。ほら、僕、ベルさんが笑った顔なんて見たことありませんし。案外似た者同士なのかもしれません、あの二人は。

セレアも大喜びですね。二人の結婚、本当に嬉《うれ》しそうです。

「悪いけどベルさんはこれでメイドは引退です。これからは殿下がセレア様を守るんですよ？」

「了解」

「十歳から四年間、毎日休まず、剣を殿下に叩《たた》き込んできました。今や俺の自慢の弟子です」

「ありがとうシュリーガン……」

シュリーガンは小隊長から、副隊長に昇進です。近衛騎士団のナンバーツーですね。もう僕の護衛をしてくれることはないんです。僕もシュリーガンから、卒業しないといけません。

「てなわけで、俺から殿下に卒業試験っす」

いきなり口調が元に戻ったシュリーガンに、近衛騎士団の練兵場に連行されてしまいました。僕は胴と頭、小手にプロテクターを着けただけの軽鎧《けいがい》です。なんだか街の冒険者ハンターみたいなかっこうですね。

「俺はいよいよ、殿下の護衛から引退だ。新しく、殿下の護衛を決める」

僕に礼を取った近衛兵団が、顔を上げてどよめきます。大変な出世チャンスですからね。

「当たり前だが、殿下の護衛をしてもらう以上、殿下より強くなければ意味がない。これから一人ずつ、殿下と闘ってもらう」

団員が顔を見合わせますね。

「一切遠慮はいらん。王子と思うな。では始める。バクスター！」

「おう！」

いやいやいやいやいや、僕真剣に闘うの！　本気勝負？　聞いてないんですけど！

一人、出てきました。両手剣に見立てた木刀を持って向かい合います。

「始め！」

騎士団らしい実直な太刀筋です。でも四年間、シュリーガンのケンカ剣法を学んできた僕からすると読みやすい！　剣を受け止め、腹にキック！　よろめいたところを足払いして転倒させて顔の横に木刀を突き立てます！

「それまで！　次、トールスター！」

薙《な》ぎ払いに来た木刀を逆手で受け止め、そのまま前に出て顎を左手で打ち上げます。これは昏倒《こんとう》。

実戦ですからね、長々と打ち合うとどんどん僕が不利になります。実戦では一撃で勝負が決まる。くどいほどシュリーガンに言われました。

「次！　オーリエン！」

近衛兵、今になってみんな驚き、そして、目の色が変わります。明らかに本気です。殺気さえ感じられます。

「殿下、そのような邪剣、いつまでも通用すると思いますな。我々近衛団をコケにしたツケ、払ってもらいますぞ」

僕の学んできた剣、邪剣だったんですか。なに教えてくれてんのシュリーガン。

連続で次々に打撃来ます。それを剣で受け流して隙を見て足にタックル！　すくい上げて転ばせます！　これも相手が近衛兵団ですからね、キ○タマを踏み抜くのはやめて、腕を取ってひねりあげます。

「ぎゃあああああ！」

「次！　ジークランド！」

槍《やり》じゃないですか！　いやいやいやいや槍が護衛ってダメでしょ。槍持った護衛が僕とセレアの後ろからついてくんの？　目立ってしょうがないよ。コイツだけは絶対倒さないとダメですね。

振り下ろしてきた槍に見立てた棍《こん》を、木剣の鍔《つば》で受け止めて切っ先を下げ、僕の剣ごと踏みつけて棍を地面に引き倒します。思わず前につんのめったジークランドの顔面を……。

蹴るのはやめて、木剣を首の後ろに当てて地面に押さえつけます。真剣だったら首が落ちてますね。

「次！　シュバルツ！」

うわあシュバルツさんです。あのジャックの護衛をやっててひと騒動あったあの人ですね。これはやりにくいです。

「殿下」

「はい」

「手加減いたしませんよ」

そう言って、木剣をひょいと放り投げます。え、剣なしで戦うの？　そしてシュバルツさんが腰から抜いたのは十手です！

「……護衛にはいい武器だね。シュリーガンから習ったの？」

「これについては、もう私のほうが副隊長より強いんで」

うわあ……それホント？　ホントだったらもう全然勝てる気がしません。だって僕シュリーガンに勝ったことなんか一度もないんですから！

じりじりと低く構えるシュバルツさんと間を測り合います。思わず誘われて剣を振り下げてしまいました。うかつでした。十手のカギでガキッと受け止められ、そのまま柄《つか》を握られて木剣を百八十度ぐるんと回され、交差して剣を握っていられなくなった手から木剣をもぎ取られてしまいました。

からんからんからん……。僕の手を離れた木剣が転がっていきます。もちろん、僕のひたいにはぴたっと十手の棒心が当てられているわけで。

「まいった」

「ありがとうございます」

シュリーガンがぱちぱちと拍手します。

「よくやったシュバルツ。殿下、最近調子に乗ってたから、いいお仕置きになっただろう。これからよろしく頼む」

「はい。謹んでお受けいたします」

そう言って作法通り、僕に頭を下げてくれますね。

「しかし殿下がこれほどお強いとは……」

「い、いや、王族にあるまじき邪剣、こんなもの認めてよいのですか！」

「あのような不意打ち、卑劣な技、王子にふさわしくありません！　まるでケンカではありませんか！」

評判がさんざんなんですけどシュリーガンのケンカ剣法。

「黙れ」

シュリーガンが一喝します。

「殿下はまだ十四歳。それが大の男に勝つ手段など限られておる。騎士らしく正々堂々たる王道剣相手でないと勝てないのか貴様らは。手段を選ばぬ街のチンピラや冒険者ハンターたち、王族の命を狙う暗殺者、戦場での死に物狂いの戦いに負けたときも『卑怯《ひきょう》だ』と言い残して死ぬつもりか？　王家の盾たる近衛騎士団がこの程度のケンカで負けてどうする。認識を改めよ」

それ言っちゃあ……。なんかすみませんみなさん。

☆彡

「来たぜ！」

シュリーガンとベルさんの結婚式に出席するために、ジャックとシルファさんが王都にやってきました。久々に会う親友のために、僕らも駅馬車乗り場まで迎えに行きました。僕らには新しく護衛になったシュバルツも一緒です。

「いやーひさしぶり！　データ取れた？」

「……会うなりそれかよ。ほら、言われた通り調べてきたよ」

そう言って、ジャックが紙の束を渡してくれます。僕らの後ろにいるシュバルツに気が付いて、頭を掻《か》きますね。

「あ、シュバルツさん。おひさしぶりです。いつぞやは大変ご迷惑をかけました。申し訳ありませんでした」

「いえ、そのことはもう忘れましょう。お元気そうでなによりです」

いやあ、あのジャックがこうも簡単にお付きの者にお詫《わ》びを言うとは……。あの時はさんざん迷惑かけといてふんぞり返っていましたからね。

「人間って成長するんだな……」

「なんか言ったか」

　ジャック、僕をにらんでから、笑います。

「シュバルツはシュリーガンに代わって、僕の専属護衛になったんだ。これからはしょっちゅう会うことになるよ。よろしくね」

「よろしくお願いします」

　頭を下げるシュバルツに、ジャックも礼をします。

「よろしくお願いします。そりゃあよかった。師匠も子守から解放されてせいせいしてるだろうよ。近衛隊の副隊長になったんだっけ？」

「子守で悪かったね」

　ジャックはもう毎年恒例になりました「シュリーガンブートキャンプ」以来、シュリーガンのことを師匠って呼んでいます。こんなジャックとのやり取りもひさしぶりですね。

　まあそれは無視して紙の束をぺらぺらとめくってみると、ジャックが、「牛の畜産農家四百人分のデータだ。お前の言う通りだったよ」と教えてくれます。

「……これ、どんなことの役に立つんです？」

　セレアと抱き合って再会を喜んでいたシルファさんが不思議顔です。

「画期的な医療技術の元になるんだ」

「医療技術？」

「そう、うまくすれば天然痘が撲滅できる！」

「確かに、俺の領地では天然痘は大発生はしないんだよ。言われてみればな」

天然痘。かつては村が一つ滅ぶほどの猛威を振るった伝染病です。天然痘にかかった人の死亡率は50%を超えます。猛烈な感染力のある病気でもありますが、現在では僕らが監督する病院の指導と、徹底した隔離とアルコール洗浄により、感染が広がることはなくなりました。でも、それでも地方ではまだ天然痘に苦しむ人たちがいます。

セレアの「牛痘にかかったことのある人は天然痘にはかからない」という話、本当かどうかちゃんとしたデータが必要です。セレアの知っている病気が、僕らの世界の病気と同じかどうかなんて保証はありませんからね。そのことをきちんと調査して、スパルーツさんに見てもらおうと思ったんです。畜産が盛んで乳製品の主要な生産地であるジャックのワイルズ家領地でないと取れない、貴重なデータですね。

「……しかし、師匠がベルさんと結婚ねえ……。あの二人、全然そういうふうには見えなかったけどな」

「一方的にシュリーガンがベルさんに気があるだけって感じだったけど、思い切ってプロポーズしたら簡単にオッケーもらったみたいでさ」

「股間はウソをつけねえもんな……」

「股間かあ……」

二人でウンウンと頷《うなず》きます。

「なんですの?」

「男だけにわかる話！」

シルファさんに聞かれちゃってあわてて話をやめます。セレアはニコニコしていますが。

僕、セレアに何回もたっちゃったとこ見られちゃっていますからねえ……。まいっちゃうな。それにしてもシルファさん、また胸がおっきくなっちゃって……。

「シン」

「ん？」

「今回も俺の勝ちだ」

ジャックがニヤリと笑って親指を立てます。

ぶん殴るぞお前。


その日の夕方、教会でシュリーガンとベルさんの結婚式が行われました。ほら、僕らが夜中にこっそり結婚式を挙げた、あの教会です。

……僕、ベルさんの笑顔って初めて見ましたね。かわいいというより、むしろ恐怖を感じました。笑った顔がまったく変化しないんです。これが営業スマイルってやつですか。セレアは喜んでいましたけど。シュリーガンも満面の笑みでしたが、それがわかったのが、僕を含めて教会に何人いたか……。

神父様の前で誓いを立ててキスをした、黒いスーツと、ウエディングドレスの二人に手招きされます。王子が来ているってのはナイショですんで。

「ぜひ、お二人に結婚の証人として、記帳していただきたいんで」
あの時、僕らが結婚の記帳をした婚姻の記帳書です。僕がセレアと婚姻の記帳をし、証人として
シュリーガンとベルさんが記帳してくれました。今度は立場が逆になりますね。感慨深く、また、そ
のことがとても嬉しいです。シュリーガンと、ベルさんが分厚い記帳書に名前を連ね、その同じ行に、
僕とセレアで名前を書き込みます。
「未成年者が証人って、それはちょっと……」
神父様がいい顔しませんけど、「王国の王子と王子妃でなにかご不満でも?」とシュリーガンがぁ
の顔で神父様にこっそりささやきますと、黙りました。
ちょっと、ぺらぺらって、ページをめくります。もう四年も前になりますか。僕と、セレアの幼い
字で、名前が書いてありました。恥ずかしくて、二人で赤くなっちゃいます。
「幸せになってね、ベル」
セレアが差し出した花束を、にっこり笑ってベルさんが受け取ります。
「お嬢様にはかないませんが」
あいかわらずなベルさんです。
教会を出てくる二人に近衛兵団、コレット家メイド一同。他、わけのわからないものすごく見た目
が怪しい人たちがいっせいに花びらを投げかけます。ほんと謎な交友関係です二人。
「おめでとー!」
「おめでとうー!」

式が終わって、恒例のブーケトスです。後ろを向いて、セレアが作った花束をベルさんが投げると、見事なコントロールを描いて、列席していたシルファさんの手元にすぽっと花束が届きました。やることが粋ですねえベルさん。さすがです。

ジャックとシルファさん、周りから祝福されて、てれってれです。

僕らには……ないか。もう結婚しちゃっていますもんね僕ら。ブーケなんていらないか。

別にうらやましくなんかないよ。うん。

☆彡

「次に会う時は、いよいよ学園だな！」

「うん、楽しみにしているよ」

十四歳になった僕たちは、来年、十五歳でフローラ学園に入学します。できることはやって、対策し、気を引き締めていかなければなりません。

学園での再会を誓い、ジャックとシルファさんが領地へ帰っていきました。

僕にもセレアにも、信頼できる友人がいる。そのことが僕らに勇気をくれます。ゲームのことなんて、もちろん彼らには言いませんが、なにがあってもきっと僕らの味方になってくれる。そのことが心強いです。

僕らはここまで、できるだけ成果を上げてきました。公務を通して、僕らが王子と王子の婚約者という、確固たる立場を確立することに没頭していました。万全を期したと言っていいと思います。

養護院と病院は、今や全国の各領地に設立され、その運営ノウハウも確立されました。養護院ではすでに第一期の卒院生が社会に旅立ち、平民以上の教育水準で職場の人々を驚かせています。

病院では外科、内科、救急の三部門体制が常に患者の受け入れに待機しています。乳幼児と妊婦、子供の死亡率は１％以下に低下しました。消毒用アルコールは量産体制も整い、その衛生管理のノウハウと共にわが国の輸出産業に成長しつつあります。今や先進国のハルファから技術供与の依頼を申し込まれるまでになっています。

病院での治療には欠かせない氷。これも量産に成功しまして、今ではカラカラと製氷機の動力源となる風車が回っています。病院のよい目印になっているようです。肉などの食料を扱う現場でも、高価な蒸気機関の製氷機を導入し、食品の冷蔵に効果を上げていまして、今後一層の普及が見込まれます。

その、僕らの活動の中心となってきた、スパルーツさんの実験室を訪問します。スタッフも増え、大所帯になっていますよ。

「いやー、失敗から得られる新しい知識ってのもあるんですね。見てください！」

そう言ってカバーされたシャーレを見せてくれます。

「これ、破傷風菌なんですが、ほら、カビ生えちゃってるでしょう？」

見ますと、青カビが生えちゃってます。

「普通だと殺菌して捨てるんですがね、カビが生えてるところ、菌のコロニーがやられているんです。

青カビが菌を殺すんです！　大発見ですよ！」

　ごめんなさい。その青カビ、セレアがカビ生えたパンから振りかけたやつです。もちろんこれがあのときのシャーレってわけじゃないでしょうけど。

　なんでニコニコしてるんですセレア。僕スパルーツさんの顔が見られませんよ。

「今ボクらはかたっぱしから青カビ集めています。それをいろんな菌のシャーレに生やして、効果を確認しています！　今はもうこの殺菌成分を、どうやって分離して、抽出するかを実験しているところなんですよ！　もしそれが成功したら画期的な治療薬になります！」

　スパルーツさんのテンションが凄いです。そんなに凄い薬だったんですか。セレアのイタズラ、ものすごい意味があったんですねえ……。

「それ、人間に投与しても大丈夫なんでしょうか？　体の中にカビ生えたりしません？」

「大丈夫です。カビの溶菌成分を抽出して使います。顕微鏡で見てわかったんですが、細菌は植物と同じ『細胞壁』という細胞を守る壁で覆われています。それを溶かすんですね。おそらくカビが繁殖する時に他の植物や粘菌を排除し生存競争に勝つために獲得した抗生物質なのでしょう。人間のような動物の細胞にはこの細胞壁はありませんので無害なんです」

　顕微鏡で見たらなんでもわかるんだなあ。この顕微鏡もセレアのアドバイスで完成しましたからね、セレアは本当にすごいです。

「今日はそれとは違う病気について、ご相談をと思いまして」

「どんな？」

「天然痘の予防についてです」

「天然痘！」

研究室のスタッフがいっせいにこっちを見ます。全員驚愕《きょうがく》の顔ですね。

「て……、天然痘⁉　人類最大の敵ですよ⁉　それが予防できるって言うんですか！」

「これを見てください」

そう言うともう部屋にいたスタッフが全員集まってきて、僕らの机を取り囲みました。どれだけ天然痘が、医師を苦しめてきたかがわかります。

「調査をしてもらったのですが、全国的にも、このワイルズ子爵領は天然痘の大規模な感染が起こったことがない特異点なんです。それで調べてみたんですけど、牧畜が盛んなワイルズ子爵領では、たまに牛が牛痘という病気にかかります」

「はい、牛の乳房に水泡ができますね」

「牧畜に関わる人は乳しぼりでたいていこの病気に感染してしまうのです。人間だと熱が出て一週間ぐらいで治っちゃう病気ですが、でもこの『牛痘』に感染して治った人は、天然痘にかからないのです」

「うそお……」

スタッフ一同、驚愕です。

「まだデータ、もらったばかりなんですけど、過去、牛痘にかかったことがあるかというアンケートです。牧畜関係者四百名から聴取してもらいました。半数のおよそ二百名が牛痘にかかったことがありますが、その二百名のうち天然痘にかかった人は一人しかいないのです」

「牛痘が……」

「天然痘にかかって、死なずになんとか生き残った人は十名ほどいますが、その人たちは牧畜業とは無関係か、牛に触れたことがない人で、おそらく牛痘にかかったことはないと思われます」

場が静まり返ります。

「……牛痘にかかると、天然痘の免疫ができるってことですか？」

若い女性スタッフの人がおそるおそる聞いてきます。

「そうかもしれません」

「一度天然痘にかかって回復した人は、二度と天然痘にかかりません。天然痘の治療、手当てに関わる人は天然痘にかかったことのある人だけを選んで介護に当たらせていますが……、それと同じことが牛痘の経験者でできると？」

「もう一歩、考えを進めてほしいんです。牛痘は軽い発熱、まれに水泡ができる程度で一週間で治っちゃいます。国民全員を、一度牛痘にしちゃうようなことができませんか？」

「わざと病気を感染させると⁉」

「はい」

セレアの言う免疫予防です。セレアの前世の国では、いろんな伝染病について、これ子供から大人まで国民は全員やるそうです。そのおかげで天然痘を撲滅することができたとか。

「うーん……それはすごい。ものすごい発想です。めちゃめちゃ反対されちゃいそうですが」

スタッフがみんな半信半疑ですね。

「……王子、ご承知かもしれませんが、天然痘は人間だけがかかる病気です。これにかかる動物はいないのです。つまり動物実験ができません。なにかやるとしたら人体実験になっちゃうんですよ……」

うわあ、そりゃ大変だ。

「いや、これ誰がやるんだよ……」

「ヘタしたら自分が天然痘にかかってしまうって」

「天然痘にかかったことのない者は、患者には近づくな。医療の鉄則ですからな」

「……」

みんな、黙っちゃいます。

「私がやります」

先ほどの女性スタッフが声をあげました。美人さんで、若いです。

「ジェーン、危険だよ！」

スパルーツさんがあわてて止めます。死亡率50％を超える病気ですからね！

「私は親も兄弟も、みんな天然痘で亡くしました。天然痘は私の仇《かたき》です。屈服させるべき敵なのです！　こんなヒントをもらって、何もしないなんて耐えられません！　その調査、私がやります！」

「ジェーン……」

「行かせてください。そのワイルズ領で調査をします。今天然痘が発生している村があったら連絡してください。お願いします！」

「ダメだ！　ジェーン、もし君を天然痘で失うようなことがあったら僕は耐えられない……。やめてくれ」

スパルーツさん、この女性研究員の人とラブラブ中でしたか。そりゃ行ってほしくないよね。

「青カビの研究は今は中断できません。先生にはそちらに集中してもらわないといけません。これは誰かがやらないと……」

「ジェエエエエ────ン！」

スパルーツさんがジェーンさんを抱きしめます。うわあ修羅場になっちゃった。どうしよう。

「と、とにかく、このデータはお渡しします。よくご検討いただければと思います」

「……ありがとうございます殿下。よく検討させていただきます。決して無駄にはいたしません。貴重な資料、ありがとうございました」

スタッフ全員が最敬礼して、僕らを送ってくれました。

「……いやあ大変なことになっちゃった」

「私もびっくりです……。まさかこんなことになるとは思ってもみませんでした」

僕ら、今まで衛生とか、殺菌とか、隔離とか、そんな医療のほんの基礎の基礎って感じのことばっかりやっていましたから、これがこんな大事になるとは。

「……もうサイ投げちゃったよ。あとは任せよう」

「……はい」

午後、カフェでベルさんと待ち合わせ。シュリーガンとの結婚式以来、初めて会いますね。二人で病院から歩いていくと、すでにカフェテラスに座って待っていてくれました。

「おひさしぶりです。しんちゃん、セレアちゃん」

「おひさしぶりです……」

いつもメイド服でしたから、私服のベルさんって初めて見ました。夏らしく涼しげな黒の水玉ワンピースにつば広帽子で、すでに人妻の色気がただよいます。こんなに変わるものなんでしょうか。雰囲気が全然違いますね。

「シュリーガンがお世話になってます。新婚生活はどうですか？」

「娯楽としては最高ですわ」

どうなんでしょうその感想。幸せだというようでもあり、生々しいようなやらしさもなんか感じもし、僕のようなガキにはなんかうまいこと言って返せる気がまったくいたしません。まあシュリーガンがうまくやってるのならそれでいいです。

「今日が最後の御報告になります。今までかわいがっていただき、ありがとうございました」

「いいえ、本当に長らくお世話になりました」

紅茶をそっと口に含んで、話します。

「ハンス料理店の娘、リンスが、その才能を認められ、ブローバー男爵の養女になることが決まりました」

衝撃の展開です。いや、アリかもしれないとは思っていましたが、セレアが「多分それは無いと思います」と言っていたことが現実になっちゃいました。

「新作料理だけでなく、商才にも長《た》けた娘、ハンスは手放すのを渋っていましたが、金の生る木であるリンスを男爵が所望し、リンス嬢自身も、養子縁組の返事をのばしていたようですが、十四歳になり、それを受け入れることにしたそうです」

……ないわけじゃありません。血統に強いこだわりがある公爵、伯爵クラスの貴族ならともかく、男爵のような下級貴族だと優秀な者を身内にして力をつけるということはやります。剣技に長けた者、魔法が使える者、成績優秀な者を一族に加える例は少なくありません。

「今までで一番驚いた顔をしていますわ。お二人」

「……実はそうです」

「理由はわかりませんが、お二人が注目なさっているのはリンス嬢。そうですわね」

「それも当たりです……」

「お二人、隠す理由があるのだと思い、今まで聞きませんでした。これからもお話してはくださらないのでしょう」

「はい」

「お二人は来年、十五歳になられます。フローラ学園に入学します。そこでリンス嬢とご同窓になられるかと思います」

フローラ学園は三年制です。ヒロインさんは王都の私学に入っていましたが、才能を認められ、本来、二年目に平民として転入してきます。実はゲームスタートはそこから。ゲーム期間は二年なんです。それが一年目から、養女とはいえ、貴族という同じ土俵に立って僕らに挑戦してくる。

「あとはお二人が、実際にリンス嬢と遭遇することになります。どうするかはお二人しだい。もう私どもができることはありません。ご武運を祈ります」

……もしかしてベルさんがメイドをやめて結婚したのも、あとのことは自分の目で確かめろってことなんでしょうかね。もう子供じゃないんだからって。

「以上ですわ」

「ありがとうございました。ほんとうに今まで、お世話になりました」

「いいえ」

セレアも手を伸ばして、ベルさんの手を握ります。

「ベル、今までありがとう。どうぞお幸せに」

「もちろんですわ」

そう言って微笑《ほほえ》みます。僕、ベルさんの、素の笑顔、初めて見たかもしれません。いやこれがたぶん初めてですね。

ベルさんは席を立って一礼し、帰っていきました。その後ろ姿、素敵でした。

いつも大人として僕たちを見守ってくれていた二人から、僕らもいよいよ卒業です。

今日からはもう、子供じゃないんですね。

僕はセレアのゲーム設定の話を一通り聞いて、ヒロインさんの一番の武器は「平民」であることだと思っていたのですが、その武器だと思われていた「平民」という立場をあえて捨ててです。よほどの勝算があっての決断だと思えます。

あるいは二年では足りない。三年かけてなにかやろうとしているのかもしれません。

……まだ一年あるとか油断しているわけにはいきませんね……。

「私、記憶が戻ったときは、混乱していて、この世界はゲームなんだ。運命は変えられないんだって思ってました……」

ベルさんが去ったカフェテラスで、二人でお茶をしていると、セレアがそんなことを言います。

「でも違う。運命は変えられる。今ならそう信じることができます……」

テーブルの上で、セレアが僕の手を、握ったり、つまんだり、つついたりして微笑みます。

なんだか楽しそうに、まるで本当にそこにあるのを、確かめるみたいに。

僕は本当に、ここにいるよ。

君がゲームの画面ってやつで、見ていた僕じゃなくて、本物の僕が。

「当たり前だよ。本物の僕は、ゲームとは違うってところを、見せてあげるよ」

セレアが笑います。その手を握り返します。

「ちゃんと見ていてね。本物の僕を」

「はい！」

誰も不幸になんかしない。君となら、きっとそれができる。間違いないよ。

僕は婚約破棄なんてしませんからね

Boku wa
Konyakuhaki
Nante
Shimasen
Karane

【書籍版 書き下ろし】ヒロインの憂鬱

「やめてええぇー」

少女の絶叫が下町に響く。

「うるさい！　そのネコをよこせえ！」

そこには、薄いピンクがかったブロンドの髪を左右に縛った少女の抱きかかえる黒猫を取り上げようとしている四人の少年の姿があった。

「なにする気よ！」

「実験だよ！　ネコがどれぐらいの高さからでも飛び降りられるかのな！」

「なによそれ！」

「いいからよこせ！」

「イヤよ！　そんなのネコちゃんがケガして死んじゃうまでやることになるじゃない！」

「それが実験ってもんだ！」

「やああああ！」

少年たちに突き飛ばされて転ぶ少女。それでも猫を放さない。

「よこせ！」

「ダメ―――！」

無理やり引っ張られて猫が暴れそうになったそのとき！

「なにをやっている！」

その少年たちに声をかけた男の子がいた。

「誰だよお前、関係ない奴は引っ込んでろ！」

「関係あるね。女の子をいじめて恥ずかしいと思わないのかおまえたちは！」

少女はその男の子を見て驚いた……。およそ下町に似つかわしくない、サラサラのきれいな金髪、透き通るように青い瞳、ちょっと高そうな仕立てのいい服。心の強い利発そうな、美しい顔立ちに。

「お、王子様……」

まるでなにかの物語に出てくる王子様のような少年に少女の胸は高鳴った。

「かっこつけやがって！」

明らかに年上の少年たちの脅しにも物おじせず、その金髪少年は少女から少年たちの手を離させようとする。

「ジャマすんな！」

少年たちが金髪少年を殴る！

金髪少年が少年たちを殴り返す！　蹴る！　転ばせる！

一対一だったらたぶんどう見ても年上の少年より強かったかもしれない金髪少年。でもそこは四対一。たちまち少年たちに羽交い絞めにされ、押さえつけられ、殴られ、蹴られる金髪少年……。

「こらあああ！　なにをやっている!!」

下町にふさわしくない厳めしい鎧《よろい》、甲冑《かっちゅう》姿の一団が路地に駆け込んできて少年たちを取り押さえる。

これには下町の住人たちも驚きだ。なんでこんなところに騎士団が!?

たちまち取り押さえられ、縛られて拘束される下町の少年たち。鼻血を出して、あちこち殴られ痣《あざ》だらけになりながらも、金髪少年は痛みを我慢するように立ち、騎士団に頭を下げた。

「……お騒がせして申し訳ありません。騎士団のお手を煩わすことでもありませんのでこの場はおさめてください」

「でん……」

その少年に驚いた騎士団の男も、金髪少年が口の前に指を一本立てると、それ以上は言わずに黙った。

「大丈夫だった？　ケガしてない？」

高そうなハンカチで顔を拭きながら、猫を抱きかかえてへたり込む少女の元に歩み寄る金髪少年。

「あ……、はい！」

「かわいいネコだね、なんて名前？」

そういえばまだ名前をつけていなかったと思った少女の頭に、『クロだよ』って声が聞こえた。

それはどこから聞こえたのかわからなかったが、少女の頭の中にいっぱいに響いてくる不思議な声だった。

「ク、クロです」

「へー、変わった名前だね。かわいがってあげてね」

そう言って、腫れた顔でにっこり笑う金髪少年。

「どうもありがとう……、あの、だいじょうぶ?」

「平気さ、これぐらい」

少年はさわやかな笑顔で笑った。

「でん……、シン様。帰りますよ。お送りいたします」

甲冑の騎士に声をかけられて、少年は少女にすっと顔を寄せ、その耳にささやくようにつぶやいた。

「ぼく、君のナイトになれたかな」

そう言って顔を離し、いたずらっぽく笑ってから少年は騎士たちに守られるように立ち去った。

「……貴族だよ、あの子」

騒ぎに集まったおばちゃんたちがそんなことをウワサしている。

「貴族……」

貴族にはあんなカッコいい男の子がいるのかあ!

まだ幼い、七歳の少女に、貴族へのあこがれの気持ちが膨れ上がる。貴族になったら、あんなカッコいい男の子たちと知り合いになれる! 恋だってできちゃう。結婚だってできるかも!

少女のあこがれともうそうは、少女の夢へと変わっていった。

☆彡彡

「ダメだよリンス。うちはレストランなんだ。猫は飼えないよ……」

「どうして!? どうしてえ!?」

「だってうんちもおしっこもするし、テーブルの上にも乗るだろうし、お皿も花瓶も落として割るでしょう? お客様に出す食事だって盗み食いするかもしれない。うちみたいに小さなレストランでは猫はダメなのよ」

猫を抱きかかえた少女がいくら泣いても、両親は説得できなかった。

「部屋から絶対出さないから!」

「それは猫ちゃんがかわいそうよ? リンスだって、部屋から一歩も出ちゃダメだって言われたら悲しいわよね?」

「ちゃんとしつけるから!」

「猫はしつけられないの。猫は自由でいることが一番幸せなの。いくらかわいくても自分のものにしちゃダメ。わかったわね?」

泣く泣く黒猫を店の外に出したハンスのレストランの一人娘、リンスは、三階の屋根裏部屋で一人、泣いた。泣き疲れて眠って目を覚ますと、部屋の外にはいつものようにまかないの食事が置いてあった。職人や役人が仕事を終え、夕食をとるためにレストランにやってくるその時間帯は昼食時同様に、レストランがもっとも忙しい時間である。いつからだろうか。こうして両親とも一緒に食事をとらなくなったのは……。

一人、寂しく食べていると、窓の外からカリカリと音が聞こえる。なにかひっかいているような音。窓を開けると、申し訳程度のちいさなベランダに、あの昼間の時の黒猫がいた。

「あ！　ねこちゃん！」

屋根やベランダを伝って、ここまで来たのだろうか。さすがは猫！　リンスは喜んで猫を部屋に招き入れた。

「ねこちゃん、おなかすいた？　ごはんいっしょに食べる？」

にゃーんとかわいく鳴いた猫のために、壁に飾ってあった宝物の絵皿を一枚、机の上に置いてそこに、自分の皿から、肉をいくつか拾い上げ、置いた。猫は軽い体のこなしで机の上に飛び乗って、肉にかぶりつく。

「おなかすいてたのね。おいしい？」

猫は顔を上げて笑うように目を細めてから、また肉に食いつく。

「ひるまのやつら、ひどいよね。いじめっこなのよ。ねこちゃんだいじょうぶだった？」

猫はまた顔を上げて、リンスを見る。

「……だいじょうぶそうね。よかったー！」

「ありがとう、優しいね、君は」

リンスは固まった。今、今、猫がしゃべった！

「え!?　え!?　え!?　ねこちゃん、今、しゃべった!?」

「昼間は助けてくれてありがとう。うん、君ならふさわしいかも」

「ねこちゃんしゃべれるの！」

「ああ」

肉を全部平らげて、猫は満足そうに頷《うなず》いた。

「料理もおいしい。このお店は上手に経営すれば流行《はや》るようになるだろう。君も今は平凡な少女だが、かわいらしく美しい女性になれる素質がある。将来性が期待できるよ。僕は、君みたいな女の子を捜していた」

「ね、ねこちゃん、ほんとうにねこなの？」

「まあね。でもそれは気にしないで。僕の名前はクロだ」

「……そういえばわたし、名前を聞かれたとき、とっさに『クロ』って言っちゃったよね」

「そう、僕がそう呼んでもらえるようにしておいただけだから」

猫はにやりと笑ってすぐに表情を戻した。

「リンス、僕は君の猫になるよ。よろしくね」

「でも、でもうちはレストランだからねこは飼えないって」

「僕がいつもこうしてリンスのところに遊びに来ればいい。別にご両親の許可はいらないさ。来たいときに来られるんだから」

「うわあ！　すてき！　いっぱいあそびにきてね！」

その返事が気に入ったか、猫は満足そうに目を細める。

「今日のお礼に、君にプレゼントがある」

机を降りて、窓に飛び上がったクロは、口にリボンが結ばれた箱を咥《くわ》えて戻ってきてそれを床に置いた。

「うわあ、なあに？　それ？」

「あけてごらん」

包みをほどくと、四角い箱のパッケージだ。開くと、そこには見たこともない平たい小さな機械が入っていた。

「なあにこれ!?　こんなの見たこともない！」

「ゲーム機だよ。プレイワールドポータブル。通称ＰＷＰ」

「げえむき？」

「うーん、説明が面倒だけど、動く絵本、かな？　右下のスイッチを押し上げてごらん。電池は切れないようにしておいたから」

言われたとおりにすると、ぴぽぱぽって音がして、四角い画面が光り、タイトルが現れる。

「〇ボタンを押してみて」

リンスは、小さな画面に始まったゲームのオープニングタイトルに驚いた！　音楽が鳴って、デモがスタートする！

「うわー！　すごい！　すごいよこれ！」

勝手に進むデモ画面。

そこでは、ピンクの髪の女の子が、猫を抱きかかえて、男の子たちにいじめられていた。

「えっ……」

『女の子をいじめて恥ずかしくないのか！』

現れたカッコいい男の子。美麗なイラストだが、その面影はまるで似顔絵のように、昼間リンスを助けてくれたあの金髪少年によく似ていた。

「これって……昼間のあの男の子にそっくり！」

『僕、君のナイトになれたかな？』

その少年のささやき声も、あのときの男の子のままだった。リンスは喜んだ。そして、それにハマった。子供らしい柔軟さで、すぐそれに慣れた。なにしろゲームは全部フルボイス。キャラクターが優しい美声でしゃべってくれる。ただ、選択肢画面は困った。まだ七歳のリンスには画面の文字が母国語とはいえ、読み書きがまだ怪しかった。

「うーん、これよくわかんない」

「しょうがない。僕も一緒にやるよ。少しずつ教えてあげるから、リンスももっと勉強しなくちゃね」

「はあい」


「リンスー！　お風呂よー！」

下から母親の声がする。

「あ、はあい！」

清潔が第一のレストラン経営者、ハンス家では、平民には珍しく毎日風呂にはいるのだ。

「ここまでだね。じゃ、リンス、続きは明日」

「えー！　クロ、今夜は一緒に寝ようよ！」

「僕にもやることがある。それにこのことは君の家族や友達には絶対にないしょだよ」

「はあい」

リンスには兄弟も友人もいなかった。初めてできた友達が、クロだったかもしれない。猫をこっそり飼っていることがわかったら両親に怒られるかもしれないし、ないしょにするのは仕方がないとも思った。

「絶対にまたきてね！」

「ああ」

そうして、クロは来たときのように、窓から街の暗闇に消えていった。

☆彡

翌日もクロはやってきた。

「夜寝る前にちょっと進めてみたの。でも相手の男の子すぐ怒っちゃって嫌われちゃったの」

「うーん、それは、相手が喜びそうな返事をしてあげなくちゃダメだよ。それが相手のハートをつかむ方法なんだ。読めないからって適当に選択肢を選んじゃダメだよ？」

そう言うクロが持ってきた新しいプレゼント。包みを開くと、それは分厚い手帳サイズのコンパクトな辞書だった。

「これで勉強もしてね。将来素敵なレディになれるように」

クロの言うとおり、リンスはその辞書を引き勉強しながらゲームを進めた。忙しくてあまりかまってもらえない両親にいつもひとりぼっちだったリンスは、勉強するという経験があまりなかったが、それでも大好きなゲームのためならばとリンスはがんばった。

わかってくるとそのゲームはたとえようもないほど面白く、画面に登場する優しい男性たちにリンスはたちまち恋をした。

「うわー！　あのときの男の子、やっぱり王子様だったんだ！」

「そうそう、きっと将来は素敵な男性になるよ」

「でも怒られちゃったり嫌われちゃったりしてるし……」

「ワガママ言っちゃいけないよリンス？　誰だって言われたら怒ることがあるよ。相手の気持ちをよく考えて、言われたら嬉《うれ》しくなるようなことを言ってあげなくちゃ相手のハートはつかめないさ」

「うーん……」

そんなリンスが初めて迎えたエンディングはバッドエンド。学園中の男の子からみんな嫌われて、学園を追い出され、田舎貴族のもとでメイド勤め。

「あーん、なんなのこれ！」

「あはははは！　そりゃしょうがないよリンス！　男の子ってのはね、おだてられたり、頼りにされたりしないといい気分にならないもんさ。せっかく一生懸命考えたカッコいいセリフを、笑ったりバカにしたりしたらダメなんだよ」

「がっかりい……」

「勉強もサボってばかりじゃ、男の子たちにバカにされちゃうし、卒業してからもいいところに就職もできないさ。プリンセスになりたいんだったら勉強だってトップになるぐらいできないと。さあ、もう一度最初からやってみよう。何度でもやり直せるのがゲームのいいところ」

リンスはクロに言われたとおり操作を習って、もう一度、「最初から」を選択する。

「でも不思議……。これって主人公わたしだよね」

「そうだよ」

「わたしのいる世界がそのまんま、ゲームになってる……」

「そのとおり。気がついたかい？」

「これってまるでわたしが十五歳になってから起こることみたいな」

クロはまるで、「よく気がつきました」と言わんばかりの、まるで先生のような満足げな笑みだ。

「そう、このゲームは、この世界を切り取って、プレイヤーの未来をシミュレートする新しいゲームさ。先行発売した日本ではすでに大人気。そこではただのゲームだけどね。でも、この世界では、ほんとうにこのゲームの通りになる画期的な未来予測プログラムを搭載した、魔法のゲーム……」

「……」

リンスはクロの言うことが半分も理解できない。

「君はこのゲームのテストプレイヤー第一号候補ってわけ。ゲームの通りに、上手にやれば将来は王子様と結婚して本当にプリンセスにだってなれる。どうだい？　もっとやってみたいかい？」

王子様と結婚してプリンセスに！　それは平民のリンスには夢のような話であり、たまらなく魅力的に聞こえる話だった。

「うん！」

「じゃあ、君は僕と正式に契約して、このゲームのテストプレイヤーになってよ」

「いいよ！」

この契約が天使の試練だったのか、悪魔の誘惑だったのか、この時のまだ幼いリンスには知る由もなかった……。

僕は婚約破棄なんてしませんからね

Boku wa
Konyakuhaki
Nante
Shimasen
Karane

あとがき

悪役令嬢物を、みなさんは何本ぐらい読んだことがありますか？　一つ？　いやいや、五つ？　いいえ、実際に本を買っちゃうような人は十以上は軽く読んだことがあるかもしれません。

どうしてこんなに読んでも飽きないのでしょう？　プロローグも、エンディングも、ほぼお約束が決まっていてどんな展開をするかは、もう大抵読んだことがあるはずなのに。

そこには、悪役令嬢という多くの先人の作家の皆様たちが競作し、確立されたおもしろさが詰まった世界があり、その中で「なにをやってもいい」「なんでもアリ」という自由さが許されているからだと思うのです。だからこそ、誰を主人公にしてもいいし、お約束を壊してもいい。もう読んだことがある設定や決め台詞が出てきても怒る人は一人もなく、面白がって読んでくれる読者の皆様がいます。ちょっと他では見られない、非常に変わった作品世界であります。

書きやすく、一定の人気があり、ネット投稿サイト「小説家になろう」では今も新作が投稿され続け、新しい悪役令嬢作品が公開されると一度は目を通してくれる読者様が必ずいます。「小説家になろう」でも特に目の肥えた読者の皆様です。その中で人気になるのはもちろん、「悪役令嬢に転生してしまった女性主人公」であり、「持ち前の知識と行動力で運命を変えてしまう」王道作品であることは言うまでもありません。

そんな中で、サブキャラ（笑）である王子を主人公にし、守られるべきか弱きヒロインとして悪役令嬢を添え、乙女ゲーの運命と共に抗うという今作のコンセプト、ウケるわけがなく底辺をウロウロしてあたりまえと思われましたが、なぜか多くの支持を得ることができました。この作品を「発見」してくださった「小説家になろう」の多くの読者様にまず感謝を申し上げたいと思います。

そして、果敢にもこの「男性作家が書いた男性主人公の悪役令嬢物」という微妙な作品を書籍化していただいた一迅社様に感謝を申し上げます。「一迅社ノベルス」という新レーベルになるそうですよ！　いいんですかね!?

悪役令嬢、婚約破棄というジャンルを確立された先人の作家の皆様に、そして、子供の時から成長するに従って、言葉遣いが変わっていくという難しい作品を添削してくださった編集、校正の皆様、まだ幼いキャラクターのデザインをかわいらしくも美麗なイラストにして、大変微妙な設定ばかりの登場人物を生き生きと描いてくださったＮａｒｄａｃｋ様にお礼を申し上げます。

たぶんこの本、「私が書いたんだ」と人に見せても誰も信じてくれないでしょう。それぐらいすごいです。多くの才能ある皆様の合同作品としてこの本が完成したことに本当に感謝いたします。

この作品、序盤は幼少期、後半は学園物となっていて、学園卒業がエンディングです。また後日、ちょっとだけ成長したシンとセレア、そしてヒロインさん、ライバルとして現れる攻略対象者たちに出会えることを楽しみにしてもらえたら嬉しいです。ここまで読んでくれてありがとうございました。

初出……「僕は婚約破棄なんてしませんからね」
　　　　小説投稿サイト「小説家になろう」で掲載

2020 年 4 月 5 日　初版発行

著者　ジュピタースタジオ
イラスト　Nardack《ナルダク》

発行者：野内雅宏

発行所：株式会社一迅社
〒160-0022　東京都新宿区新宿 3-1-13
京王新宿追分ビル 5F
電話　03-5312-7432（編集）
電話　03-5312-6150（販売）
発売元：株式会社講談社（講談社・一迅社）

印刷・製本：大日本印刷株式会社

DTP：株式会社三協美術

装丁：伸童舎

ISBN 978-4-7580-9256-2

僕《ぼく》は婚《こん》約《やく》破《は》棄《き》なんてしませんからね

おたよりの宛先
〒160-0022　東京都新宿区新宿 3-1-13
京王新宿追分ビル 5F
株式会社一迅社　ノベル編集部
ジュピタースタジオ先生・Nardack 先生